大邱

母語로 쓰는 連作長詩

大邱대구

초판발행일 | 2012년 5월 30일
2쇄 발행일 | 2012년 6월 27일
3쇄 발행일 | 2016년 11월 25일

지은이 | 상희구
펴낸곳 | 도서출판 황금알
펴낸이 | 金永馥
주 간 | 김영탁
디자인 실장 | 조경숙
디자인 편집 | 칼라박스
주 소 | 110-510 서울시 종로구 동숭동 201-14 청기와빌라2차 104호
물류센타(직송·반품) | 100-272 서울시 중구 필동2가 124-6 1F
전 화 | 02)2275-9171
팩 스 | 02)2275-9172
이메일 | tibet21@hanmail.net
홈페이지 | http://goldegg21.com
출판등록 | 2003년 03월 26일(제300-2003-230호)

題字 竹農 徐東均

값 12,000원

ISBN 978-89-97318-11-7-03810

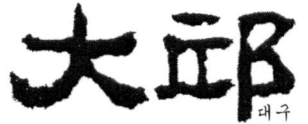

大邱
대구

상희구 시집

황금알

그간 월간 『현대시학』에 2011년 4월부터 2012년 2월까지 11회에 걸쳐 연재한 모어母語로 읽는 연작장시連作長詩 『大邱대구』 100편을 시집으로 엮었다.

출향出鄕한 지 어언 40년여, 감회가 크다.

나로 하여금 시인이 되게끔 매개媒介한 것은 어릴 적부터의 그 엄혹했던 궁핍과 그에 수반한 지독한 외로움이었다. 외로움을 달랜다는 것은 아주 까다로운 '정신精神'의 한 영역으로 아주 힘든 것이었지만 그 치유 방법으로는 나만의 독특한 비결이 있었는데 그것은 다름 아닌 고향의 수많은 산천과 골목길, 야트막한 언덕배기, 연못, 다리, 나무, 돌덩어리들과 이 밖에 전연 낯선 건물들 그리고 고향의 또 다른 '온갖 것'들과 함께 서로 맞닥뜨리는 것이었다. 이른바 저들과 속 깊은 교감을 서로 나누는 것이다. 앞에서 얘기한 고향의 산천을 비롯한 '온갖 것'들과 서로 대화를 나누고 서로 상종相從하면서 서로에게 무엇인가를 남겨 놓는 일이다.

시어詩語로는 표준말과 경상도 전래의 토속어인 대구지방의 모어母語, 두 가지를 같이 썼는데 대구의 방언은 전적으로 어머니의 영향을 받은 바가 크다. 어머니는 대구 방언에 관한 한 아주 탁월한 언어감각을 가지셨던 것이다.

어차피 긴 장정長征이 될 것이다. 고향 '대구'에 대해서 그

동안 가슴에 맺힌 것이 어찌 100가지뿐이겠는가. 호흡을 한 번씩 드쉬고 내쉴 때마다 맺힌 것을 하나씩 풀어내어야 할 것 같다. 앞으로는 고향의 세시풍속 전래음식 제례에 이르기까지 아우를 작정이다. 확실한 고증과 자료가 절대적으로 필요하다. 부지府誌 · 시지市誌 · 군지郡誌 · 읍지邑誌 · 동지洞誌 등과 대구와 인근한 경상도 각 지방의 전적典籍들도 필요할 것인데, 관계하시는 분들의 도움이 절실하다.

대구 영남일보사 강당에선가 어느 문학행사에서 '대구'에 대해서 시를 쓰면 좋겠다는 김선굉 시인의 권유를 받은 지 10년여, 그동안 문인수 시인 등의 채근이 큰 힘이 되었다.

연작장시 「대구」 100편이 탄생하기까지 원려遠慮의 한마음으로 작품의 길고 짧은 호흡의문제, 작품의 배치, 취사선택에 이르기까지, 또한 시집 『大邱』의 판형, 제본, 장정에까지 온갖 조언을 아끼지 않으신 경산桐山 정진규鄭鎭圭 선생님에게 참 고마움을 드리고 싶다.

"예술가는 독자나 관심 있는 분들의 격려를 먹고 자란다."고 한다. 오직 독자 여러분의 격려만 바랄 뿐이다.

尙喜久 절

차 례

3부

4부

5부

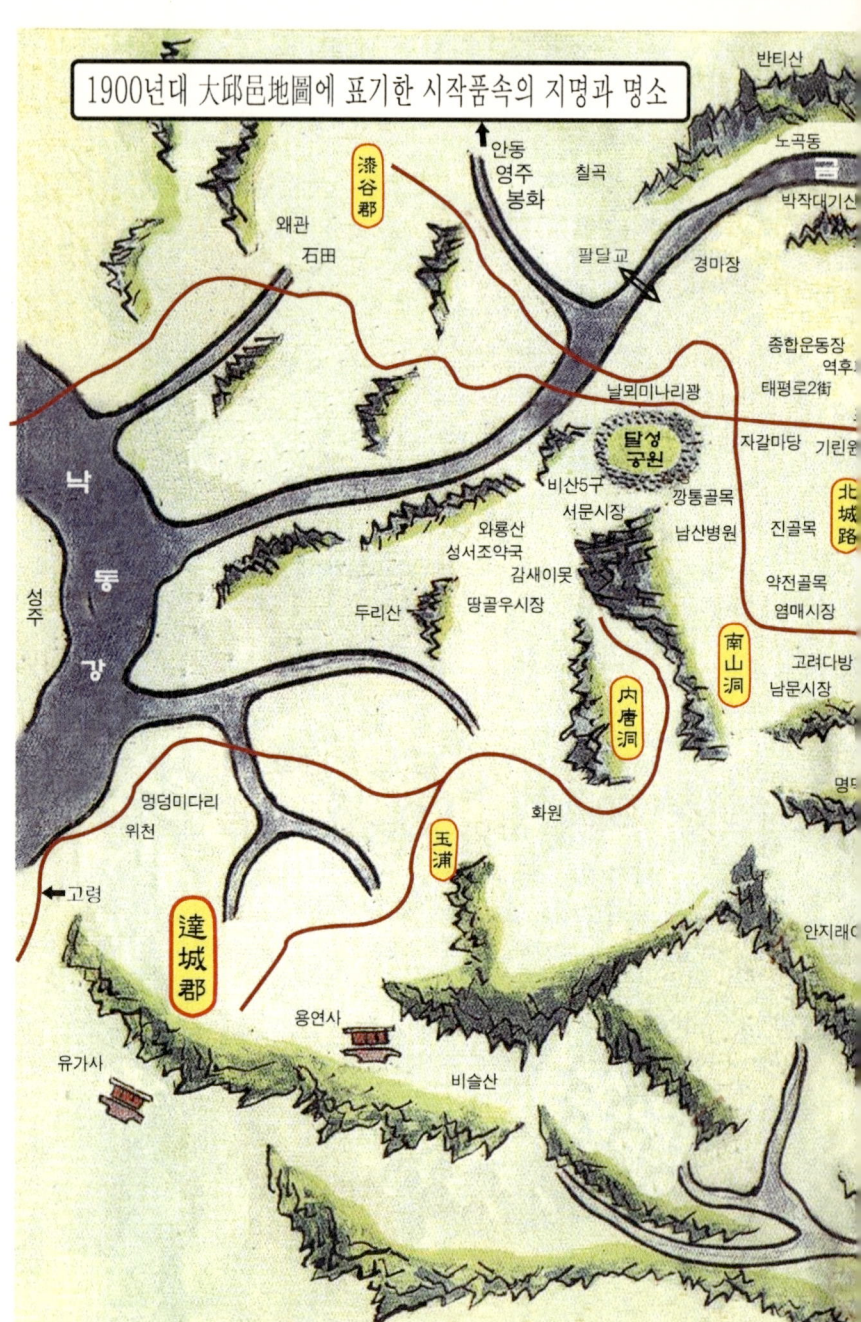

1900년대 大邱邑地圖에 표기한 시작품속의 지명과 명소

반티산
노곡동
박작대기미산
안동
영주
봉화
칠곡
漆谷郡
왜관
石田
팔달교
경마장
종합운동장
역후
태평로2街
날뫼미나리광
자갈마당
기린원
北城路
달성
궁원
비산5구
깡통골목
서문시장
남산병원
진골목
와룡산
성서조악국
감새이못
약전골목
염매시장
두리산
땅골우시장
南山洞
고려다방
남문시장
낙
동
강
內唐洞
명디
성주
화원
멍덩미다리
위천
玉浦
안지래
고령
達城
郡
용연사
유가사
비슬산

낙동강

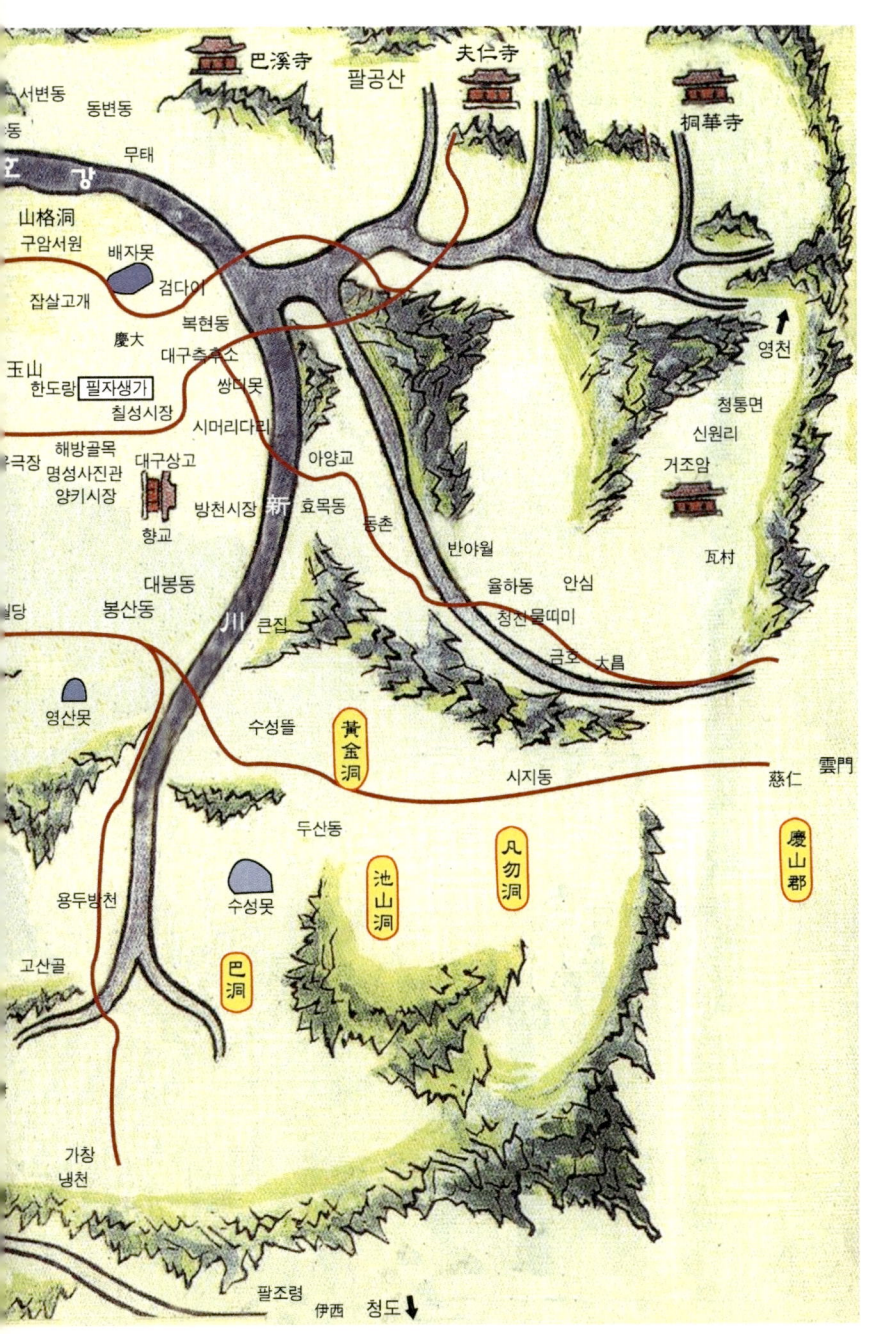

북 랜드 刊 〈대구新택리지〉 대구읍지도에서 발췌, 인용   박일구 작화

— 내 母語의 어머니이시며
  내 상상력의 원천,
  나에게 끝없는 憧憬의 씨를
  뿌린 어머니에게

1부

序·原大邱記

序
原大邱記

하늘의 하늘은 하늘에 있고 땅의 땅은 땅에 있음이여,[1] 아득한 옛날 경상도 大丘 땅에 하늘이 좋은 뜻이 있어 근간根幹이 될 것 몇 개를 툭툭 던져 놓으니 모두가 좋은 것으로 이루어졌다.

경상도는 지리가 가장 아름답다. 강원도 남쪽에 위치하며 전라도와 접경하고 있다. 북쪽에는 태백산太白山이 있어[2] 감여가堪輿家[3]가 말하는 이른바 창천수성漲天水星[4]이다. 大邱는 그 중심에 있다.

대구의 용마루에 해당하는 곳은 북과 남에 자리한 부악父岳과 비슬산琵瑟山이다. 옛날 동수산桐藪山이라고도 한 팔공산은 대구의 진산鎭山이다.

부악父岳(일명 八公山, 中岳)은 신라의 五大 靈山 中의 하나로 三國史記 雜志, 祭祀條에 中祀五岳 東吐含山(大城郡) 南地理山(菁州), 西鷄龍山(熊川州), 北太白山(奈己郡), 父岳(一云 公山 押督郡)의 五山으로 팔공산은 그 중 하나로 매우 신령神靈한 곳이다.[5]

---

1) 하늘의 하늘은…… 땅의 땅은……:천지 운행의 불변함을 말함.
2) 李重煥, 擇里志 慶尙道編 p. 57(李泳澤 譯註, 三中堂文庫)
3) 堪輿家 : 주역의 음양오행설에 의거 풍수지리를 풀이하는 사람
4) 漲天水星 : 하늘에 치솟은 산봉오리가 굽은 것, 곧 神異함을 말하는 듯
5) 大邱市史, 第1卷 p.81 註 (1)(大邱市史編纂委員會, 경북인쇄소 刊)

비슬산琵瑟山의 옛 이름은 포산包山이다. 대구시 달성군 유가면과 경북 청도군 이서면에 걸쳐 있는데, 정상에 대견봉大見峰을 거느리고 있으며, 봄철에는 관기봉〈땅꼭대기아래〉라는 곳의 참꽃이 특히 아름답기로 유명하다. 부악父岳과 비슬산은 대구의 근간이니, 능히 대구의 용마루에 해당한다고 할 수 있을 것이다.

대구의 강으로는 낙동강과 금호강이 있다. 강원도 태백함백산에서 발원한 낙동강은 안동, 선산을 거쳐 대구 서안西岸 외곽인 왜관, 칠곡, 다사, 옥포를 지나는데, 마치 아기업는 포대기처럼 대구 서쪽 지역을 감싸 안는다. 대구의 젖줄임은 물론이며, 수량水量이 유족裕足하여 범람원汎濫原으로서 주위의 땅을 비옥하게 하는 일방으로 예부터 수운水運, 관개灌漑, 저수貯水의 혜택은 막중하다.

금호강은 경북 영일군 죽장면에서 발원하여 낙동강의 반대쪽인 대구의 동안東岸을 감싸고 흐르는데 영천, 금호, 동촌, 불로, 검단, 복현, 서변, 조야, 노곡동을 경유하여 대구 서구 강정, 파호동 부근에서 낙동강과 합류한다. 역시 아기 업는 포대기처럼 대구의 동안東岸을 감싸 안는데 대구의 젖줄임은 물론, 수량水量이 유족裕足하여 범람원汎濫原으로서 주위의 땅을 비옥하게 하는 일방으로 예부터 저수貯水, 관개灌漑, 수운水運의 혜택이 막중한 것은 앞서와 같다. 이렇듯 낙동강과 금호강은 대구를 마주 보며 서로를 껴안는 형국이다.

하천으로서 대구의 중추中樞는 단연코 신천천新川川이다. 대구 시내를 남북으로 관통하여 흐르는데, 대구 남단의 비슬산과 최정산最頂山에서 시작하여 가창, 용계, 수성, 신천,

산격동을 경유하여 침산에서 금호강에 합류한다. 범람원汎濫原으로서나 관개灌漑, 조운漕運의 기능보다는 대구 지방의 하나의 거대한 환기통으로서의 역할이 더 크다고 할 수 있을 것이다.

대구 지역의 기후는 특별하다. 대구 특수기후지역의 근교지역近郊地域으로 기후형도 대구 특수기후와 유사한 대륙성기후를 나타낸다. 북동부와 남부가 산으로 가려져서 대부분이 분지인 이 지역은 흡사 떡시루를 둘러 엎어놓은 것 같아서, 여름에 뜨거운 공기와 겨울에는 찬공기가 안으로만 갇혀서 기온의 연교차年較差가 전국의 다른 어느 지방보다 크다. 그래서 겨울에는 춥고 여름에는 너무 덥다.[6] 이러한 기후 조건은 이 지방 사람들의 심성心性에도 영향을 끼쳐 대구 사람들은 함경도 관북지방關北地方 사람들만큼이나 성격이 괄괄하고 외강내유형外剛內柔型이다. 겉으로는 질그릇만큼이나 투박하고 거칠어 보이지만 내면은 의외로 인정이 있고 눈물이 많다. 어릴 적부터 대구의 남자들이 크게 소리 내어 우는 것을 많이 보았다.

대구의 역사와 연혁을 말한다. 선사시대先史時代로부터 삼국시대三國時代까지의 대구大丘의 역사는 문헌기록으로서는 삼국사기에 몇 줄의 기사記事가 있는 것 외에는 거의 찾아볼 수 없다. 아마도 낙동강 유역을 중심으로 분포되어 있던 가야문화권伽倻文化圈에 속하였던 일종의 부족국가에서 출발한 것이 아닌가 추측할 수 있는데, 대구大丘가 역사의 기록으로 문헌에 나타나기 시작한 것은 그 후 시간이 한참

---

6) 韓國地誌, 건설부 국립지리원 刊, 이 地方編3 慶北 P.386

지나서부터다.

신증동국여지승람新增東國與地勝覽에 이르기를

　大丘는 본래 신라의 달구화현達句火縣인데, 달불성達弗城이라
고도 한다.
　경덕왕景德王이 지금의 이름으로 고쳐서 수창군壽昌郡의 속
현으로 삼았고, 고려 현종이 경산부京山府에 붙였으며, 인종
이 현령縣令을 두었다. 본조 세종 때에 승격시켜 군郡을 삼았
고, 세조 때에 비로소 진鎭을 두고 승격시켜 도호부都護府로
삼았다.[7]

고려사高麗史 지리지地理志의 기록을 보면,

　壽城郡은 본래 신라의 喟火縣(上村昌郡이라고도 함)인데 경
덕왕이 고쳐서 壽昌郡이라 하였다. 고려 초에 지금의 이름으
로 바꾸었고, 顯宗 9년에 東京 管內로 來屬하였다. 공양왕 2
년에 監務를 두고 解顔을 겸임하였다.

　解顔縣은 본래 신라의 雉省火縣(美里라고도 함)인데, 경덕왕
이 지금 이름으로 고치고 獐山郡(現 慶山… 筆者) 領縣으로
삼았다. 현종 9년에 東京 管內로 來屬하였으며, 공양왕 2년
에 監務를 두고 壽城監務로서 이를 겸하게 하였다.

　八筥顯은 본래 신라의 八居里縣(北恥長里, 또는 仁里라고도

7) 新增東國與地勝覽, 제26권, 경상도 大丘都護府編〈건치연혁〉 인용

함)인바 경덕왕이 八里로 개명하고 壽昌郡 領縣으로 삼았다. 고려 초에 고쳐서 八居(後에 居가 音轉하여 筥가 됨)라 하고, 현종 9년에 京山府 管內로 來屬하였으며 別號는 七谷이다.

大丘縣은 본래 신라의 達句火縣인바, 경덕왕이 지금의 이름으로 고쳐 壽昌郡 領縣으로 삼았다.
현종 9년에 京山府 管內로 來屬하였으며, 인종 21년(1143)에 縣令을 두었다.

花園縣은 신라의 舌火縣인바, 경덕왕이 지금 이름으로 고쳐 壽昌郡 領縣으로 삼았다. 현종 9년에 京山府 管內로 來屬하였으며, 후에 大丘에 移屬되었다.(年代 未詳… 筆者)

河濱縣은 본래 신라의 多斯只縣(沓只라고도 함)인 바, 경덕왕이 지금 이름으로 고쳐 壽昌郡 領縣으로 삼았다. 현종 9년에 京山府 管內로 來屬하였으며, 후에 大丘에 移屬되었다.(年代 未詳… 筆者)[8]

이렇게 대구의 큰 그림으로서의 행정구획이 마련됨으로써 오늘날 대구 판도版圖의 기본 토대가 마련된 것이다.

신라가 고구려와 백제를 정복하여 통일을 완성한 뒤 신라의 서울을 서라벌에서 달구벌達句伐(大丘)로 옮기려고 한 일이 있었다. 삼국사기 신라본기新羅本紀 신문왕조神文王條에

---

8) 大邱市史, 대구시사 편찬, 경북인쇄소 刊, 제1권 제2편 통일신라 및 고려시대, p.91

九年(中略), 王欲移都達句伐, 未果.[9]

　라고 한 것이 그것이다. 달구벌이 그만큼 땅이 광활하고 비옥하여 물산이 풍족한 데다 경상도의 중심에서, 교통의 요충으로도, 지정학적으로도 중요한 위치에 있었던 것이다.

　대구의 유학儒學 유학자에 대하여 : 경상도는 추로지향의 본향本鄕답게 수많은 향교와 서원이 있다. 대구大丘에 향교가 언제 처음 창치創置되었는지 자세히 알 수 없으나 아마 여말선초麗末鮮初가 아닌가 생각된다. 경상도지리지慶尙道地理志에는 향교에 대한 기록이 없고 세종실록지리지世宗實錄地理志에서는 광주조廣州條에 향교 대신 〈文廟〉가 나오는데, 이는 전술前述한 바와 같이 향교와 동의어同義語로 사용했고 〈각읍各邑에 모두 문묘文廟가 있기 때문에 차후 각읍各邑에는 다시 문묘를 기록하지 않는다〉는 말과 같이 실록지리지實錄地理志의 대구군조大丘郡條에 문묘文廟(鄕校) 기사가 없는 것은 대구에 향교가 없었던 것이 아니고 기록하지 않았던 때문이다. 그 뒤 성종成宗 12년에 편찬한 동국여지승람대구조東國輿地勝覽大丘條에 〈향교鄕校는 부동府東 2里에 있다〉 하였고, 대구읍지大丘邑誌에는 〈향교鄕校는 府東 2里에 있다. 처음에는 동문東門 밖 고성古城에 있었는데 지금까지 그곳을 향교교기鄕校校基라 한다. 만력기해萬曆己亥(宣祖 32년)에 달성達城으로 옮겼다가 동을사同乙巳(同 38년)에 달성達城으로부터

---

9) 大邱市史, 대구시사 편찬, 경북인쇄소 刊, 제1권 제1편 선사시대 고려시대 편, p.77

지금 있는 곳으로 개건改建하였다. 명륜당明倫堂과 동서제東西齋는 일체 성균관제도成均館制度대로 했으며 이들 건물은 성묘聖廟(문묘) 뒤에 있다〉고 하였다. 〈부동府東 2里〉에 있었다는 대구의 향교는 지금의 〈校洞〉에 위치했을 것으로 추측되며, 이는 앞서 말한 대로 창치연대創置年代는 정확히 알 수 없고 아마 여말선초麗末鮮初일 것이다.[10]

대구의 문묘文廟와 서원書院: 이런 향교마다 문묘文廟가 진설되었으니 문묘는 공자를 비롯하여 선철先哲 선현先賢을 배향하는 곳으로 향교의 명륜당明倫堂, 대성전大聖殿, 동무東廡, 서무西廡, 동제東齋, 서제西齋를 말한다. 서원이란 유가儒家에서 덕행이 빼어나고 성리학에 뛰어난 공적을 남긴 유학자를 배향配享 혹은 제향祭享하는 곳으로 일컬어졌으나, 나중에는 이것이 확대되어 유명한 학자, 문장가, 장상將相을 비롯한 공경대부公卿大夫, 심지어 나라에 혁혁한 공을 끼친 義兵將까지 여기에 더하여진 것이다. 祠와 社, 精舍와 堂, 묘廟와 사우祠宇라고 하는 것이 다 이런 것이다.

대구와 대구 인근에는 수많은 유학자儒學者와 이에 따른 서원書院이 있었다. 멀리 신라 때 한국 유가儒家의 비조鼻祖로 경주 서악서원에 배향된 설총 최치원으로부터 시작하여 우리나라 성리학의 시조인 영주 순흥의 매헌 안향의 소수서원, 영천 임고 정몽주의 임고서원, 달성 인흥서원에 제향된 고려 충렬왕대의 노당 추적, 너무나 유명한 안동의 퇴계 이황의 도산서원, 경주 양동의 회재 이언적의 옥산서원, 달성 도동서원에 배향된 한훤당 김굉필, 구미의 여헌

<hr>

10) 大邱市史 제1권 제3편 조선전기편 p.207

장현광의 천곡서원, 상주 도남서원의 하거 정경세 등 그 수는 이루 헤아릴 수 없이 많다. 대구 출신의 이름 있는 유학자와 서원으로는 대구 향교의 최고 책임자인 도유사都有司를 12년이나 맡았고 정구의 문인이었던 대구 청호서원의 손처눌, 장현광과 학문적 교유가 있었던 성리학자 서시립의 대구 도동의 백원서원, 이른바 두문동 72賢의 한 사람으로 정몽주와 교유가 성했던 채귀하의 대구 검단동 서산서원, 김우영과 정구의 문인으로 이언적과 이황의 문묘종사론文廟從祀論을 반대한 정인홍을 공박한 것으로 유명한 손린의 대구 봉암사, 서사원의 문인으로 당대의 문장가로서 저서 성리정학집性理正學集으로 유명한 양직 도성유의 달성 다사의 용호서원, 정구의 문인으로 주유 서사원과 교유하고 성리학 연구에 몰두하다가 임란이 일어나자 의병으로도 활약한 임하 정사철의 대구 금암서원 등이 있다. 대구 최초의 서원으로 지금은 없어진 대구 연경동의, 역시 퇴계 이황과 정구, 정경세를 모셨던 연경서원도 여기서 빼놓을 수가 없다. [11][12]

대구의 인물 : 고려 빈우광賓于光은 수성현 사람으로 과거에 장원급제하였고, 또 중국 과거에 3등으로 합격했다. 관직은 한림翰林에 이르렀다. 이익과 영달을 구하지 않고 山

---

11) 大邱市史, 제1권 제4편 조선후기편, p.436_437〈표2〉大丘府의 書院과 祠
12) 慶州 西岳書院의 薛聰 崔致遠, 榮州 順興 梅軒 安珦의 紹修書院, 達城 仁興書院의 露堂 秋適, 安東 退溪 李滉의 陶山書院, 慶州 安康 晦齋 李彦迪의 玉山書院, 達城 道東書院에 配享된 寒暄堂 金宏弼, 龜尾의 旅軒 張顯光의 川谷書院, 尙州 陶南書院의 河渠 鄭經世, 大邱 靑湖書院의 孫處訥, 大邱道洞 百源書院의 徐時立, 蔡貴河의 大邱檢丹洞의 西山書院, 孫遴의 大邱 鳳巖書院, 養直 都聖兪의 達城多斯의 龍湖書院, 林下 鄭師哲의 大邱 琴巖書院, 大邱 硏經洞의 硏經書院

水로써 스스로 즐기면서 생애를 마쳤다. 필법筆法이 당대에
이름났다. 배정지裵廷芝는 충렬왕 때에 인후印候를 따라 연
기현燕岐懸에서 합단哈丹을 쳤는데, 칼을 빼어 말을 달리니
가는 곳마다 적이 쓰러졌다. 화살이 날아와서 보거輔車(광
대뼈와 아래잇틀 사이)를 꿰뚫자 상처를 싸매고 다시 싸워서
포로를 목 자른 것이 매우 많았다. 생김새가 멀쑥하고 장
대하였으며 사람들이 모두 그의 武略에 탄복했다. 입으로
는 말하지 않았으며, 관직이 밀직부사에 이르렀다. 서균형
徐鈞衡은 관직이 정당문학에 이르렀다. 서거정은 갑자과에
합격하고 또 중시重試, 발영拔英, 등준登俊의 3과에 뽑혔다.
좌리공신佐理功臣에 들었고 관직은 의정부 좌찬성에 이르렀
으며, 달성군達城君을 봉하고, 시호는 문충이다. 시문詩文을
지음에 어휘가 풍부하고 민첩하여 저술한 것이 많고, 홍문
관 대제학이 된 것이 모두 26년이었다. 중국 호부낭중戶部
郎中 기순祁順이 일찍이 우리나라에 사신으로 왔는데, 거정
居正이 접반사接伴使가 되어 시를 주고받되 붓을 멈추지 않
자 기순이 탄복했다. 사신이 돌아가서 그 재능을 칭찬하
고, 우리 사신을 만날 때마다 반드시 안부를 물었다. 『사가
집四佳集』, 『동인시화東人詩話』, 『필원잡기筆苑雜記』, 『태평한화太
平閑話』가 있어 세상에 전한다.[13]

---

13) 新增東國輿地勝覽, 제26권 慶尙道 大丘都護府 〈인물〉에서 인용
    韓國人文科學院 編著 경인문화사 刊 韓國近代邑誌14 慶尙道8 大邱邑誌編
    참조
14) 新增東國輿地勝覽 제26권 慶尙道 大丘都護府 〈효자〉에서 인용
    韓國人文科學院 編著 경인문화사 刊 韓國近代邑誌14 慶尙道8 大邱邑誌編
    참조

대구의 효자 열녀 정문旌門[14] : 고려 하광신夏光臣은 명종 때 사람인데, 어머니를 섬기기에 효성을 지극히 하고, 여묘廬墓살이[15]를 3년 하였다. 태정泰定 개묘년에 정려旌閭[16]하였다. 조희삼曺希參은 수성현 사람인데 관직은 군기소윤軍器少尹에 이르렀다. 홍무洪武 15년(1382)에 어머니를 부축하고 왜란을 피하였는데, 경산부京山府 가리현加里縣에 이르러 강물이 불어서 건널 수 없는데, 적이 쫓아오니 그 어머니가 말하기를 〈나는 늙고 병들었으니 죽어도 후회가 없다. 너는 말을 달려 피하는 것이 옳다.〉하니, 희삼이 말하기를 〈어머님이 계신데 제가 어찌 가겠습니까.〉하고 드디어 그 어머니와 더불어 밭 사이에 숨었는데, 적이 칼을 뽑아 그 어머니를 치려 하자, 희삼이 몸으로 가려서 적에게 죽고 어머니는 죽음을 면하였다. 김한金閑은 해안현 사람이다. 어릴 때 그 아버지가 죽었는데, 늘 상례喪禮를 다하지 못한 것을 한스럽게 여기더니, 어머니가 죽자 여묘살이 3년을 마치고, 그 아버지를 이장移葬하고 또 3년을 살았다. 나무로 부모의 모습을 새겨서 두 무덤 사이에 두고 큰 농籠을 짜서 그 앞에 놓고 그 속에서 살았는데, 부모의 나서 길러 주고 보살펴 준 은혜를 생각하여 밤낮으로 울부짖었다. 어떤 큰 호랑이가 농 곁에 왔으나 오히려 움직이지 않자 호랑이는 얼마 있다가 가 버렸다. 채순蔡順은 수성현 사람이다. 어머니가 죽었으나 아버지가 살아 있기 때문에 무덤

---

14) 정문 : 효자 열녀 충신 등을 세상에 널리 표창하기 위하여 집 문 앞이나 마을 입구에 세우는 문
15) 여묘살이 : 부모가 죽었을 때 무덤가에 초막을 지어 살면서 부모의 무덤을 지키는 일
16) 정려 : 旌門과 비슷한 말

을 지킬 수 없었는데, 아버지가 죽자 여묘살이를 하고 이
듬해 그 어머니를 아버지 곁에 이장하여 아침저녁 상식을
올려 6년을 마쳤다. 박득춘朴得春은 해안현解顔縣 사람이다.
부모를 위하여 여묘살이 6년을 했다. 이 일이 조정에 알려
져 중추원 녹사錄事벼슬을 내리고 정려旌閭했다. 열녀 서 씨
烈女徐氏는 낭장郎將 김내정金乃鼎의 아내이다. 나이 24세에
내정이 죽었는데, 절개를 지켜 두 남편을 섬기지 않았다.
태종 때에 정려旌閭하고 복호復戶(부역을 면해 줌)하였다.

대구의 민속과 세시풍속 : 대구시의 무형문화재로는 대
구광역시 무형문화재 제1호인 고산농악孤山農樂과 대구광역
시 무형문화재 제2호인 날뫼북춤이 유명하며, 대구 지방
의 세시풍속으로는 지신地神밟기, 줄다리기, 횃불놀이 등이
있다.

고산농악은 마을 개척시기부터 해마다 정월 대보름, 마
을제사를 지내는 한 과정으로 행해져 온 것이라 전해진다.
농악의 과정은 농기구를 앞세우고 상쇠를 선두로 징, 북,
장구, 상모, 잡색이 농악이 행해질 곳으로 향하는 길매구,
상쇠의 지휘에 따라 가볍게 뛰며 시계 반대방향으로 돌다
가 태극무늬를 만들며 시계방향으로 도는 덩덕궁이, 원을
돌며 다시 상쇠의 지시에 따라 뒤돌아가기와 두 개의 동심
원을 그리는 둘석, 상쇠의 가락에 따라 원을 돌며 각자 춤
을 추는 춤굿, 상모를 쓴 사람들이 원 가운데에서 서로 손
을 잡고 작은 원을 돌면서 닭을 쫓는 닭쫓기, 농기구를 중
간에 두고 원을 돌면서 좁혀 들어갔다가 다시 풀어 나오는
방석말이, 원이 풀어지면서 징, 북, 장구가 한 줄로 서고
상모 1명이 중앙에 마주보고 서서 쇠를 치는 모내기굿, 상

모, 장구, 북, 징의 순서로 같은 악기를 연주하는 사람들끼리 원 가운데로 나와 놀이를 하는 법고놀이로 진행된다.[17]

날뫼북춤은 대구의 시도 무형문화재 제2호로 대구의 비산동飛山洞 일대에서 전승되어 오는 북춤이다. 정확한 유래는 알 수 없으나 산 모양의 구름이 날아오다 어느 여인의 비명소리에 놀라 땅에 떨어져서 동산이 되었다는 전설에 의해 날아온 산이라 하여 날뫼라 부르게 되었고(지금의 비산동이라는 洞名은 날飛, 뫼山의 비산飛山이다) 옛날 지방관리가 순직했을 때 백성들이 이를 추모하기 위해 봄 가을에 북을 치며 춤을 추어 제사를 지냈다고 한다.

날뫼북춤은 흰 바지저고리에 감색 전투복을 입고 머리에 흰 띠를 두른다. 북만이 연주악기로 사용되며 경상도 특유의 덧배기가락(굿거리장단)에 맞추어 춤을 춘다. 연출과정은 덩덕궁이, 자반득이(반짓굿), 엎어빼기, 다드래기, 허허굿, 모듬굿, 살풀이굿, 덧배기춤으로 구성되어 있다.

날뫼북춤은 우리 조상들의 생활과 정서의 한 단면을 보여 주는 민속춤으로 예능보유자 윤종곤 씨가 그 맥을 이어가고 있다.

지신地神밟기는 가히 전국적이라 할 만큼 우리나라 어디에서나 흔히 볼 수 있는 가장 보편적인 세시풍속 중의 하나다. 지방에 따라서는 〈마당밟기〉, 〈매귀埋鬼〉, 또는 매귀를 먹인다고도 한다. 대개 정월대보름 전후에 행해지는데, 이 놀이의 선두에는 〈지신밟기〉라고 쓴 기를 세우고 기 뒤

---

17) 資料拔萃 대구광역시 수성구 문화공보실
韓國의 歲時風俗 慶北編 1998 국립민속박물관編 참조
한국의 세시풍속 최상수 저 형설출판사 刊 참조

에는 농악대가 악기를 울리고, 농악대 뒤에는 기수旗手, 사대부士大夫, 팔대부八大夫, 포수 등으로 분장한 행렬이 따른다.

　이들은 맨 먼저 마을 主山을 찾아가 서낭당 앞에서 〈주산지신풀이〉를 하고, 마을로 들어와서 부유한 사람의 집에 차례로 들어가 지신을 밟아 준다. 일행이 먼저 대문 앞에 서서 〈주인 주인 문 여소/나그네손님 들어가오〉 하면서 큰 소리로 창화唱和를 하고 문 안에 들어가 농악에 맞추어 춤을 추고 마당, 뜰, 부엌, 광, 장독, 심지어 변소까지 두루 돌며 지신을 위안한다. 이때 부르는 노래를 〈지신밟기래〉라고 한다. 지신을 밟으면 터주가 흡족해 하여 악귀를 물리쳐 주인에게 복을 가져다 주고 가족의 안녕과 건강을 지켜 주며 풍년이 들게 해 준다고 전한다. 일행을 맞이한 주인은 주안상을 .대접하고 금전, 곡식으로 사례를 하는데, 이렇게 모은 금품은 마을의 공동사업에 쓴다. 아주 어릴 적에 이 춤꾼들의 뒤를 졸졸 따라다니면서 주안상의 떡이랑 과일 같은 허드레 음식들을 얻어먹곤 하던 기억이 새삼새롭다.

　줄다리기놀이는 촌락사회에서 전래하는 마을 단위, 혹은 여러 마을 단위의 세시행사인데, 두 편으로 나뉜 집단이 줄을 당겨 승패를 가르는 놀이로서 집단적 놀이행사를 통하여 한 해 농사의 풍흉을 점치는 의례적 성격을 가진 관습이다. 우리나라 전반에 걸쳐 분포하나 주로 남부지방에 집중되어 있고, 대부분 정월 대보름에 시행된다. 큼직한 밧줄 하나만 있으면 언제 어디서건 쉽게 행할 수 있는 놀이로서 대구지방에서도 때와 장소 가릴 것 없이 흔히 접

할 수 있는 놀이이다.[18]

횃불놀이는 주로 정월 대보름날 〈달집태우기〉를 하거나 달불놀이 등이 있는데, 승패를 겨루는 것으로는 두서넛의 아이들이 깡통에다 불을 담아 가지고 줄에 매달고는 한 팔, 혹은 두 팔로 한껏 깡통불을 빙글빙글 돌리다가 힘껏 내던져 보다 멀리 가는 쪽이 이기게 되는 그런 놀이이다. 역시 대구지방 어디서나 쉽게 볼 수 있다.[19]

대구의 고적 : 공산성公山城은 공산의 동쪽에 있는데, 부에서 30리 떨어졌다. 돌로 쌓았는데 둘레가 1천5백60척이고, 높이가 4척이며, 안에는 샘이 2, 도랑이 3개 있다. 미리사美理寺는 해안현에 있다. 혹은 해안을 미리라고도 한다. 견훤甄萱이 신라의 서울 가까운 곳에 닥쳐오자 경애왕景哀王이 고려에 구원을 빌었는데, 견훤이 갑자기 신라의 서울에 들어와서 왕을 죽이고 경순왕敬順王을 세우고, 국고의 보배와 무기를 다 취하였고, 자녀들과 여러 공장工匠 중에서 재주 있는 사람들이 스스로 따라서 귀의하였다. 고려 태조가 정예 기병 5천으로 공산 아래 미리사 앞에서 견훤을 맞아 크게 싸우니, 장군 김락金樂과 신숭겸申崇謙이 죽고 여러 군대가 패배하여 태조는 겨우 몸을 피하였다. 자이소資已所는 해안현에서 북으로 20리에 있다.

성불산고성成佛山古城은 수성현에서 서쪽으로 10리에 있다. 돌로 쌓았는데 둘레가 3천51척이다. 지금은 없어

---

18) 資料拔萃, 政府大田廳舍 정보화기획팀
19) 〈참고문헌〉 任東權, 韓國歲時風俗연구, 李杜鉉, 韓國民俗學論考 文化財 관리국 韓國民俗綜合調査報告書 慶北編

졌다.[20]

대구의 역참驛站 : 범어역凡於驛은 부에서 동으로 9리에 있다. 금천역琴川驛은 하빈현의 서쪽 1리에 있다. 낙중원은 洛中院은 부에서 남으로 3리에 있다. 대로원大櫓院은 부의 서쪽 6리에 있다.

사부원沙阜院은 부의 서쪽 10리에 있다. 관방원觀方院은 부에서 서쪽으로 20리에 있다. 마천원馬川院은 하빈현에서 남으로 4리에 있다. 남천원南川院은 하빈현에서 서쪽으로 1리에 있다.

오원梧院은 부에서 남쪽으로 30리에 있다. 박실원朴實院은 부에서 서쪽으로 26리에 있다.[21]

대구의 봉수烽燧 : 마천산馬川山 봉수烽燧는 남으로 성주 화원현花園縣 성산城山에 응하고, 북으로 같은 州의 각산角山에 응한다. 법이산法伊山 봉수烽燧는 수성현에 있다. 남으로 청도군 팔조현八助縣에 응하고, 북으로 경산현 성산에 응한다.[22]

대구의 土産은 붕어, 은어銀魚, 황어黃魚, 백복령白茯苓, 감, 잣海松子, 송이松栮, 죽전竹箭, 호두胡桃, 입초笠草, 지황地黃, 잉어鯉魚, 지치紫草, 옻漆, 석류石榴, 쇠무릎牛膝, 구기자拘杞子,

---

20) 新增東國輿地勝覽, 제26권, 慶尙道 大丘都護府 〈고적〉에서 인용
    韓國人文科學院 編著, 경인문화사 刊, 韓國近代邑誌14 慶尙道8 大邱邑誌
    編 참조
21) 新增東國輿地勝覽, 제26권, 慶尙道 大丘都護府 〈驛站〉에서 인용
    韓國人文科學院 編著 경인문화사 刊, 韓國近代邑誌 14, 慶尙道8 大邱邑誌
    編 참조
22) 新增東國輿地勝覽 제26권 慶尙道 大丘都護府 〈烽燧〉에서 인용.
    韓國人文科學院 編著 경인문화사 刊 韓國近代읍지14 慶尙道8 大邱邑誌編
    참조

인삼人蔘, 가물치鱧魚, [23] 산대추山棗, 밤栗[24] 등이 있다.

  세월이 지나면서 새삼 향리鄕里에 대한 감회가 새로워 시로 글월을 남기려 하매 서언序言을 구하는데, 옛책에서 글을 담는 그릇을 찾으니 실로 부지기수였다.
  다시 옛글에 이르기를 기記는 설문說文에 〈소疏〉라고 하였으며, 〈소〉란 하나하나 분별하여 기술하는 것이라고 하였다. 〈記〉는 사실을 있는 그대로 적어 나가는 기사記事의 문과 같은 것이다[25]라고 하였기에 그냥 원대구기原大邱記라 제題하고 글을 썼다.

---

23) 新增東國輿地勝覽, 제26권, 慶尙道 大丘都護府 〈土産〉에서 인용
24) 韓國人文科學院 편저, 경인문화사 刊, 韓國近代邑誌 14, 慶尙道8 大邱邑
    誌編 〈토산〉에서 인용
25) 明知大學 出版部 刊, 明知大學校 文庫 30 〈古文眞寶〉(2) 韓武熙 宋貞姬
    譯註에서 인용

2부

詩篇 1

칠성동

이 새벽에
어디서 깨 볶는 소린가 했더니
맙소사, 싸락눈이 방문 유리창을
마구 때리는 것이 아닌가
야, 오늘이 설날이다!

---

* 필자가 생애의 전반을 살았던 동네 이름. 大邱市 北區 七星洞. 옛날 우리 집은
  아주 낡은 일본식 敵産家屋이라 사방에 유리창이 많았다.

대구 2

딸꾸비

딸꾸비가 하로 죙일
놋날것치 퍼버쌓티마는
지역답이 되이끼네
씨신 듯이 그친다

논삐알마중
깨구리 우는 소리가
자글자글하다

* 딸꾸비 : 연이어 쉴새없이 세차게 내리는 비를 말한다.
  갑자기 연이어 쉴새없이 계속되는 〈딸꾹질〉이 語源이 되어 딸꾹비-
  딸꾸비로 이어진 건 아닌지 상상력을 동원해 본다.
* 놋날것치 : 돗자리 따위를 엮을 때 쓰는 노끈
* 퍼버쌓티마는 : 퍼부어 쌓티마는
* 지역답 : 저녁답
* 씨신 듯이 : 씻은 듯이
* 논삐알마중 : 논바닥마다

대구 3

영산못靈仙池 수양버들

영산못 하면 수양버들이다
늦봄이면 휘휘 늘어진 수양버들이
정말 가관이었는데
언젠가 황학동 헌책방에서
남인수南仁樹 가요집歌謠集의
겉표지에, 월하月下의 버드나무 아래서 두 손을
부여잡은 선남선녀가 지금 막 이별을 하려는지
눈물 꼭 찍는 서툰 그림이 있었는데
그 그림에서 본 휘휘 드리워진
바로 그 수양버들이었었지

하루는 연못은커녕 수양버들도
간 곳 없어 근처를 헤매는데
마침 범물凡勿 황금동黃金洞을 거쳐
봉산동 향교鳳山洞鄕校 앞을 지나온
4월의 뜨신 바람이 영산못께에 와서는
그만 엿가락처럼 휘휘 늘어져 꼭 그
수양버들인 양 나를 휘감아 버리는 것이었다.
영산못, 그 수양버들!

* 영산못 : 대구 남단, 명덕(明德)로타리에서 대구 교대 쪽으로 가다가 왼쪽에
  있던 큰 연못. 60년 전쯤에 메워져 지금은 영선시장(靈仙市場)이 들어서
  있다. 한문으로 읽으면 영선못이지만 대구지방에서는 영산못으로 부르고
  있다. 그 시절 풍광이 매우 뛰어났던 곳이다.

대구 풍물

용두방천에는 돌삐이가 많고

무태에는 몰개가 많고

쌍디이못에는 물이 많고

깡통골목에는 깡통이 많고

달성공원 앞에는 가짜 약장사가 많고

진골목에는 묵은디 부잣집이 많고

지집아들 짱배기마중 씨가리랑

깔방이가 억시기 많고

칠성시장에는 장화가 많고

자갈마당에 자갈은 하나도 안 보인다

* 돌삐이 : 돌멩이
* 몰개 : 모래
* 쌍디이못 : 쌍둥이못. 新川橋에서 동대구역 방향으로 가다가 왼쪽에 있었다.
* 깡통골목 : 6·25 전란 후 인교동에는 깡통으로 여러 가지 물건을 만드는 소공장이 많았다.
* 진골목 : 대구의 명소. 묵은 부자가 많이 살았던 역사가 있는 골목으로 골목이 길다고 진골목으로 부른다.
* 짱배기마중 : 머리통마다
* 씨가리 : 이의 알
* 깔방이 : 아주 작은 새끼이
* 억시기 : 매우
* 전국 최대의 능금 집산지였던 칠성시장은 비가 조금만 와도 아주 진창길이었다.
* 자갈마당 : 대구의 이름난 유곽촌

대구 5

조야동助也洞

미칠째 묵고 기시던 고모가
휭 가버리니 참 허전했는데
마침 이모가 와서 괜찮았다

얼마 동안 친하게 지내던 앞산
진달래 개나리가 한꺼번에 져
버려서 너무 서운했는데 그새에
산철쭉 영산홍이 디리닥쳐서 서
운한 것이 없어졌다.

이모, 산철쭉 같은

---

* 조야동 : 대구 북단에 있는 마을 이름. 국민학교 시절 무태로 소풍가는
  날이면 단골 놀이터였다.
* 미칠째 : 며칠째
* 기시던 : 계시던
* 디리닥쳐서 : 들이닥쳐서

대구 6

조일탕朝日湯
— 익명성匿名性에 은근히 기대다

휴일이라 그런지 한결 느긋하다 아침 느지막이 탕에 들어서서 뜨끈한 물에 몸을 담그니 그야말로 유유자적, 주변은 온통 뽀오얀 김들이 서려서 사람들이 희끄무레하게 보이는데 그 속으로 나 자신을 슬며시 감추어 주는 그 익명성匿名性에 은근히 기대어 보는 것이다.

* 옛날 목욕탕은 요즈음의 목욕탕처럼 환기시설이 좋지 않아서 그랬는지 온통 뽀오얀 수증기가 앞을 가려서 바로옆 사람도 알아보지 못하는 경우가 많았다. 30여 초 정도는 지나서야 겨우 주변의 욕객들을 하나둘씩 알아보게 되는 것이다. 그래서 옛날의 욕탕은 들어서자마자 알몸의 사람들을 단박에 알아보는 지금의 목욕탕보다는 한결 운치가 있었던 것이다.
* 조일탕 : 대구 초창기의 유수한 근대식 목욕탕

대구 7

춘삼월 春三月

아이고, 자잘궂에라!

작년에 냉기 논 쑥갓씨로 삽짝가새
다문다문 흩쳐 논 지가 한 달포는
됐시까, 엊지역에 깨굼발비가 살째기
니리는 거 겉디마는 그단새 좁쌀네끼
겉은 포란 새싹이 뺄쭘하이 돋았구마는

* 자잘궂다 : 아주 자잘한 것들을 귀엽게 보았을 때 〈자잘궂다〉라는 표현을
  쓴다.
* 냉기 논 : 남겨 놓은
* 삽짝가새 : 사립문가에
* 다문다문 : 띄엄띄엄
* 흩쳐 논 지가 : 뿌려 놓은 지가
* 깨굼발비 : 아이들이 한 쪽 발을 든 채 한 걸음씩 옮기는 것을 깨금발이라고
  하는데, 이처럼 한 쪽 발을 얼른 내려야 할 만큼 순간적으로 깜짝 내리는
  비를 깨금발비라고 한다.
* 그단새 : 그 사이에
* 포란 : 파란
* 좁쌀네끼 : 곡식 같은 작은 낱알을 표현할 때 접미어로 〈네끼〉를 쓴다. 예)
  쌀네끼, 좁쌀네끼
* 뺄쭘하이 : 뾰죽이

대구 8

자부래미 마실
— 永川 淸通 居祖庵 가서

강새이는 삽짝서 졸고
달구새끼는 홰대 우에서 졸고
괘네기는 실겅 밑에서 졸고
할배는 담삐라다 바지게
걸치 놓고 살핑사서 졸고
할매는 마늘 까다가 졸고
알라는 할매 젓태서 졸고
에미는 콩밭 매다가 졸고
에비는 소 몰민서 졸고

팔공산 모티는 가몰가몰
아지래이 속에서 졸고
영천군 청통면 신원리 마실이
마카 졸고 있는데

거조암居祖庵 영산전靈山殿
오백나한五百羅漢만
마실 지키니라고
누이 말똥말똥하다

* 자부래미 : 툭하면 시도 때도 없이 잘 조는 아이나 어른을 말함. 접미사로 래미를 붙이면 특정한 버릇을 가진 아이나 어른을 말한다.
  예) 울래미 : 잘 우는 아이
* 거조암 : 팔공산 기슭. 慶北 永川郡 淸通面 新愿里에 있는 암자. 은혜사의 末寺로 526位의 羅漢像을 모시고 있다.
* 강새이 : 강아지
* 삽짝 : 사립문
* 달구새끼 : 닭을 통틀어서 말함.
* 괘네기 : 고양이
* 담삐라다 : 담벼락에다, 담장에다
* 바지게 : 싸릿대 등으로 엮은 바구니를 얹어 놓은 지게
* 살핑사 : 평상平床
* 알라 : 아기
* 젓태서 : 곁에서, 옆에서
* 모티 : 모퉁이
* 아지래이 : 아지랑이
* 마카 : 모두
* 오백나한五百羅漢 : 526位의 부처님을 말함.
* 누이 : 눈이

맨자지

맨자지는 아부지 생일밥
반자지는 형 생일밥
반반자지는 내 생일밥
꼽삶이 꽁보리밥은 엄마 생일밥

---

* 맨자지 : 백 퍼센트 하얀 쌀로만 지은 흰 쌀밥을 맨자지라고 한다. 본래말은
맨잦이일 듯. 〈밥을 잦힌다〉라는 말이 있는데 밥을 지을 때 뜸을 들이는
과정을 말한다. 보리, 조, 수수 등은 단단하고 거칠기 때문에 두 번씩은
삶아야 하는 잡곡밥과는 달리 쌀은 거칠지 않고 연하기 때문에 맨으로
잦힌다고 하여 〈맨잦이〉가 아닐까 하고 단정해 보는 것이다.
* 반자지 : 절반은 쌀, 절반은 보리쌀로 지은 쌀밥. 그 시절 아버지와 형만
생일날 나보다 더 하얀 쌀밥을 준다고 필자가 빗대어서 만들어 낸 말이다.
* 꼽삶이 꽁보리밥 : 쌀이 한 톨도 섞이지 않은 순전한 보리밥을 말한다.
보리가 거칠기 때문에 두 번씩 삶는다고 하여 꼽삶이라고 한다. 당시
어려웠던 시절의 어머니들은 어떠한 경우에도 하얀 맨자지 쌀밥만 먹는
것을 죄악시했다.

대구 10

지대바지

팔공산 자락
낮은 곳에 찌를 듯이
입입立立한 나무들이

높은 곳에
솟을 듯이 총총叢叢한
나무들에게 대들 듯한
기세로 지대바지를
하고 있었다

* 지대바지를 하다 : 주로 손아래 사람이 손위의 사람에게 윽박지르면서 마구
  대드는 모습을 말한다. 예) 못돼먹은 아들녀석이 다 늙은 에미에게 용돈을
  주지 않는다고 지대바지를 하면서 대들다.

대구 11

범물동凡勿洞

청도淸道 이서伊西 쪽에서
팔조령八鳥嶺 넘어온 새들이
잠시 놀다 가고

금호琴湖 대창大昌 쪽에서
건들바람이 불어와
기양 건들거리다가 가고

청도淸道 운문雲門 쪽에서
구름이 몰려와
그렁지만 맨들어
놓고 가고

* 범물동 : 大邱市 壽城區 凡勿洞은 옛날 대구의 변방으로 산세가 수려한
  아름다운 전원마을이었으나 지금은 아파트촌이 즐비한 번화가로 바뀌었다.
* 이서 : 慶北 淸道郡 伊西面
* 八鳥嶺 : 대구와 청도의 경계에 있는 嶺으로 옛날 대구 이남에서 한양으로
  넘어가는 첫 번째의 관문이다.
* 대창 : 永川郡 琴湖邑 大昌里
* 기양 : 그냥
* 운문 : 淸道郡 雲門面
* 그렁지 : 그림자

대구 12

사색思索
— 大鳳洞 水道山에서

세상이 온통 꽃천지다
저 수많은 휘황찬란한 꽃들은
어째서 단 한 마디의 말도 없을까
내가 속俗을 벗어나는 순간
저들의 환호성을 들을 것이다.

* 필자가 여섯 살 때쯤. 아버지를 따라 대봉동 수도산으로 소풍을 간 적이
  있었는데, 그때 벚꽃이 만개해서 온통 하늘을 덮고 있었다.

하늘의 수유授乳
— 伏賢洞에서

이웃집 돈사에서 아주 재미있는 광경을 목격했다. 집채만한 암돼지가 새끼들에게 젖을 빨리고 있었는데 어미의 젖꼭지 수보다 새끼의 마릿수가 많아서인지 온통 새끼들이 서로 먼저 젖을 빨려고 밀쳐내고 악다구니를 하며 난리가 났다. 주인이 앞에 서서 젖을 많이 먹어서 배때기가 빵빵한 놈은 솎아내고 대신 힘이 부쳐서 비실비실 밀려나기만 하는 부실한 놈의 등짝을 움켜잡고는 젖을 빨리곤 하는데 그 손이 몹시 바빴다.

마침 5월의 찬란한 햇살이 온 누리를 내리 쬐고 있었는데, 들풀이며 꽃들이며 수목들, 염소며 말이며 소까지 온갖 짐승은 물론 사람까지, 지상의 생명 있는 것들 모두가 이 햇살들을 공유共有하고 있었는데, 이렇듯 하늘의 수유授乳에는 새끼돼지처럼 밀려나는 것이 하나도 없었다.

* 伏賢洞：大邱市 北區 伏賢洞

대구 14

부인사符仁寺

너무 적적하다

누가 싸리비로
세게 쓸었는지
마당 한켠에
빗자루에 긁힌
자국이 깊다

* 부인사 : 대구 팔공산 남쪽 중턱에 있는 절. 고려시대에는 39개의 부속
  암자와 2,000여 명의 승려가 머문 거찰이었는데 몽고군의 침략으로 수많은
  보물과 藏經들이 불타 없어졌다고 한다. 1930년 한 비구니가 지금의 절로
  중창하였다. 夫仁寺라고도 한다.

소전꺼래 알분다이 할매

돌다리 건너 소전꺼래
알분다이 할매가 살았다
얼매나 다사시럽었던지 마실에
뉘집 미느리가 하로에 방구로 및 분
낏는지 다 꿰고 있을 정도였다
한 분은 이 할매
"아이고 방아깐에 청송댁이 손자로
봤는데 글케 알라가 짱배기에 쌍가매
로 이고 났다 카더마는, 아모래도 장개로
두 분 갈꺼로" 칸다
이 할매, 얼매나 밉쌍시럽었던지 이부제
할마씨가 초저녁 마실 나온 할매한테
지대바지를 한다
"할매 좀 보소, 저게 하늘에 빌이 많제, 그라마
저 빌 중에 첩싸이 빌이 어는 빌인지
그라고 큰오마씨 빌이 어는 빌인지 맞차 보소
그만춤 마이 알마"

* 소전꺼래 : 소전[牛廛]은 우시장, 꺼래는 '어디어디 쪽' 혹은 '어디어디 쯤'의
  뜻이 있다. 그러니까 우시장 부근에(사는)
* 알분다이 : 시도 때도 없이 무엇이든 많이 아는 체하거나 많이 알고 싶어하는
  아이나 어른을 말함.
* 다사시럽었던지 : 행실이나 품행이 경박스러웠던지
* 짱배기에 : 머리 정수리에
* 쌍가매 : 쌍가마. 가마는 정수리에 소용돌이 모양으로 난 머리털로, 옛날
  대구지방에는 사내아이가 쌍가마를 하고 태어나면 장가를 두 번 간다는
  속설이 있었다.
* 이부제 : 이웃에
* 지대바지를 하다 : 윽박지르다
* 빌 : 별
* 첩싸이 : 첩의 속된 표현
* 큰오마씨 : 본처를 말함. 옛날 첩은 작은오마씨, 본처는 큰오마씨라는 말을
  썼는데, 오마씨는 엄마라는 뜻으로 첩은 작은엄마, 본처는 큰엄마 라고도
  했다.
* 그만춤 마이 알마 : 그만큼 많이 알면

팔조령八助嶺

이즈음 팔조령에도
평화가 도래하였는지

과객過客들은 이조二助 삼조三助까지도
영嶺을 넘나들곤 한다

---

* 팔조령 : 대구광역시 달성군 가창면과 청도군 이서면에 걸쳐 있으며
  부산에서 한양까지의 관로 중 문경새재 다음으로 높은 재가 팔조령이다.
  옛날에는 산세가 너무 험해 많은 산적들이 출몰하였기에 반드시 여덟 명[八助]
  이상이 무리를 지어 고개를 넘나들었다고 해서 팔조령八助嶺이란 이름이
  붙여졌다고 한다.

란닝구

란닝구란 이 말 참 오랜만이다

원래 러닝셔츠란 외국어가 일본으로 건너갔다가 우리나라로 흘러들어온 듯한데 하루에도 몇 번씩이나 흘러내린 바지춤을 치켜 올리거나 뒤집어지거나 삐딱해진 란닝구의 어깨끈을 고쳐 주시느라 엄마 손이 많이 닿아서 그런지 몸빼니 네지마시니 하는 말들과는 달리 전연 왜색이 느껴지지 않았다

땟자국에 절고 해지고 닳아 어깨끈만 달랑 남았던 시절의 이 란닝구, 언젠가 엄마가 란닝구 한 벌을 사 오셨다 이 란닝구, 목으로 내려서 두 팔만 끼우면 될 것을 엄마는 공연히 무슨 큰 양복이라도 사 오신 양, 아래를 당겨 보기도 하고 어깨끈을 늘어뜨려 보기도 하시면서 "야아, 잘 맞구나!" "좋제?" 하시면서 이런저런 사설을 늘어놓으셨다

순간, 퍼뜩 나는 오늘도 저녁밥이 없겠구나 하는 생각이 들었다

대구 18

시머리다리[新川橋]

─보이소, 달성공원 쪽으로 갈라카마 어데로 가마 대능교?
─요쪽으로 패내기 가서 시머리다리를 찾어소
거라고 거게서 새로 물어보소

─보소, 북문시장으로 갈라카마 어데로 가마 대능교?
─저쪽 호무래이를 돌아, 패내기 가서 시머리다리를
찾어소, 거라고 거게서 또 물어보소

시머리다리 밑,
맑은 개천에서
여인네들 곧잘 머리 감곤 하던

* 시머리다리 : 東仁洞 끝에서 新川洞을 잇는 新川을 관통하는 다리. 시머리란
  말에서 시는 시내(개천), 혹은 市內의 준말일 것으로 생각되며 머리라는
  말은 들머리, 혹은 初入이라는 의미로 곧 시내로 들어오는 '들머리의 다리'
  아니면 개천 들머리의 다리라는 의미가 아닌가 한다. 옛날에는 목조로 된
  작은 다리였으나 경부선 철도가 놓이면서 시멘트 콘크리트의 아주 큰
  다리로 바뀌었으며 푸른 팽키로 칠하였다 하여 일명 '푸른다리' 혹은 '新川橋'
  로도 불리어진다. 그 옛날 주로 東村, 孝睦洞, 晩村洞 등지에 사는 사람들이
  대구 성내城內로 들어올 때 이정표의 기준점으로 즐겨 사용했다.
* 갈라카마 : 가려면
* 대능교 : 됩니까
* 패내기 : 곧장, 똑바로
* 호무래이 : 모퉁이

사카린

60년대 최고의 인공감미료,
선진국이 후진국을 공략할 때 대포와
총 다음으로 쓴 무기가
설탕과 커피라고 했던가
그러고 보면 사카린은 설탕의 상왕上王쯤 될 것이다
그 맛이 매우 달아 10,000배의 수용액에서도
단맛을 낸다는 사카린,
세상에 처음으로 사카린이 등장했을 때
동네 아이들, 손바닥에 올려다 놓고
빨고 빨고 또 빨곤 하던 사카린,
알갱이 영롱하기가 흡사 서브다이아 같기도 한
치명적인 당도糖度를 자랑하던
그 옛날의 사카린

대구 20

파동 巴洞

파동에
파밭이 안 보인다

* 파동 : 大邱市 壽城區 巴洞

청천淸泉 금호강 물띠미

청천 금호강
물띠미 쪼오는
물이 말따

청천 금호강
물띠미에는
귀기가 많이 산다

청천 금호강
물띠미 귀기는
비린내가 많이 난다

그래서 청천 금호강
물띠미 귀기는
맛이 좋다

* 淸泉 금호강 : 대구 근교 경북 경산시 하양읍 청천리를 흐르는 금호강
* 물띠미 : 개울물이나 강물이 흘러가다가 휘돌아 가거나 다리 밑이나
  웅덩이가 파인 곳 같은 데에 이르러 흐르던 물이 잠시 서행하면서 물때가
  끼이고 물이끼 같은 것이 생성하면서 주변에 잡풀 따위가 어우러진 곳을
  말한다. 순수하고도 아름다운 우리말 사투리이며 특히 먹이가 많아 고기가
  많이 산다.
* 쪼오는 : 쪽은
* 귀기 : 고기

보리밭에 문디야

−보리밭에 문디야
해 빠졌다 나오너라

−보리밭에 문디야
해 빠졌다 나오너라

* 보리밭에 문디야 : 옛날 대구 지방 어린이들이 즐겨 부르던 俗謠. 끝없는
보리밭과 나환자가 많았던 대구 지방에는 한때 어린아이의 간을 빼먹으면
나병이 낫는다는 허무맹랑한 유언비어가 나돌자 많은 사람들이 공포에
휩싸였고, 나환자들을 아주 곤란한 지경에 빠져들게 된 적이 있었다. 당시
어린이들이 즐겨 부르곤 했던 이 俗謠는 그런 무섬증에서 벗어나고자 했던
아이들의 심성을 잘 표현하고 있다.
* 문디야 : 문둥이야

대구 23

역후 파출소 대각선 맞은편 짜장면집 신성루

유달리 간짜장 맛이 좋았다
춘장에 찍어 먹는 양파맛이 좋았고
특히 양파를 살짝 설익은 채로 제육
당근, 감자를 섞어서 볶은 짜장을 국수 위에
얹어 먹는 간짜장 맛이 일품이었다
곁들여서 주는 짬뽕국물 맛은 또 어떻고,
짜장으로 버무려서 연한 초콜릿 빛의
유약釉藥을 바른 듯 윤기나는 탱글탱글한
면발은 또 어떻고, 고 보드라운 면발을
씹었을 때 이빨의 법랑질琺瑯質에 가만히
부딪치는 쿠션의 느낌은 또 어떻고,
다 아는 사실이지만 당시 성행하던, 톱밥에다
빨간 물감을 들여서 만든 가짜 고춧가루 맛은
또 어떻고, 면발 위로 듬뿍 쳐서 먹던 이 가짜
고춧가루 맛도 정말 꿀맛이었다!
아! 배고픔이 모든 맛을 견인牽引해 가던 시절이었다

* 대구역에는 驛前 파출소와 驛後 파출소가 있다.
* 법랑질 : 치아는 겉표면부터 법랑질, 상아질, 치수로 구성되어 있다고 한다.

대구 24

평일平日

딘장은 짜박짜박
끓어쌓고

젖믹이 에비는
오도 안 하고

시에미 새짜래기 잔소리는
짜다라 예지랑시럽은데

새댁이 갓 볶은
뽀글 파마머리가
티미한 불삐체
기양 자글자글하다

* 새짜래기 잔소리 : 새는 혀, 짜래기는 짧은 사람을 말하므로 혀가 짧은
  사람의 잔소리란 말로, 이는 곧 되지도 않는 잔소리란 뜻
* 짜다라 : 많이
* 예지랑시럽다 : 과장되게 제법 격을 갖추어 점잖은 채 행동하는 것을 말
  한다.
  예) 그냥 산책이나 하고 말 것을, 간편하게 차리면 되는데, 갓에다 도포까지
  행장을 꾸렸을 때, 이런 경우 예지랑스럽다고 할 수 있다.
* 불삐체 : 불빛에
* 기양 : 그냥

박작대기 박중양朴重陽

오늘은 왜놈 순사 야나기를
조리 돌리는 날

장터거리에는
온통 사람들로 와자하다

마침내 일본 순사의
정모, 정복 차림을 한 야나기 순사가
입에 떡을 문 채
떡함지를 머리에 이고서
굽실거리며 시장통을 들어선다
연도의 모두가 흥분하여
침을 뱉고 삿대질을 해대면서
한바탕 난리법석을 떨었다

이런 그림들 위로
회심의 미소를 흘리는
박작대기 영감

* 대구 지방에 口傳되어 온 이야기다. 박중양은 왜정 때 대구 지역 친일파의
거두로 당시 경상도 관찰사와 귀족원의원을 지냈다. 이등박문의 양자라는
소문이 나돌 정도로 세력이 막강했다. 이 시절, 한번은 시장 장터거리에서
순찰을 돌던 일본 순사가 노점행상으로 떡을 팔고 있는 한 할머니의
떡함지를 교통에 장애가 된다고 하여 발로 걷어차는 바람에 떡이 죄다
쏟아져 버리는 소동이 있었는데, 이 말은 들은 박중양은 즉시, 소관
경찰서장을 호출하여 해당 순사에게 입에 떡을 물려 떡함지를 머리에 이게
하고서 장터거리에 조리를 돌려 민심을 수습했다는 일화가 있다. 그 시절
벌써 바닥민심을 잘 읽고 있었다는 노회한 정객이었다. 항상 지팡이를
손에서 떼지 않았다고 하여 박작대기란 별명이 붙여졌다.

3부

詩篇 2

호시뺑빼이

이 전장 저 전장 난리판에
사나 있는 저 이핀네는
호시뺑빼이로 살겠구마는

이핀네 주거 뿐 지 석삼월 만에
처녀장개 든 저 사나는
호시뺑빼이로 살겠구마는

누부야 많은 저 머시마는
업어 줄 누부야들 많아서
호시뺑빼이로 살겠구마는

* 판소리나 우리네 歌辭調의 형태로 처음 시도해 보는 작품이다.
* 호시뺑빼이 : 아주 호사스럽게라는 뜻의 대구 방언. 뺑뺑 돈다는 말을
  대구지방에서는 '뺑빼이 돈다'라고 하는데 호시는 豪奢에서 나왔으니 요즘도
  시골에서는 부모님의 칠순이나 팔순잔치에서 자식들이 부모님을 등에 업고
  방안을 몇 번씩이나 뺑뺑 돌면서 축하하는 모습을 볼 수가 있는데 이런
  것들에서 아주 극히 호사스러운 것을 호시뺑빼이라고 하지 않았을까.
* 전장 : 전쟁
* 사나 : 사나이, 곧 남편을 말함.
* 이핀네 : 여편네, 곧 아내를 말함.
* 주거 뿐 지 : 죽어 버렸는 지가
* 누부야 : 누나
* 머시마 : 어린 사내아이

새이喪輿집

아이고 무섭어라!

한 동네 사는 신태랑, 그단에 배루고 배루던 저 건너 마실, 안티골에 숨어 있는 새이喪輿집을 염탐키로 작정을 했다.

초지역이 이역할 때쭘 해서 질을 나서는데, 안티골 새이집은 건너 지실마을 끝타아, 막은안창집 옆푸라다 배껄마당을 가로질러, 호무래이로 돌아서 야산을 올라가마, 방고개 만데이 지나서 쪼만한 산삐얄 못 미쳐 비탈, 위진 곳에 살찌이맹쿠로 숨었는기라. 듯 넘이 이망빼기에 땀을 팥죽겉치 흘리면서 사부재기 손을 뿐잡고 새이집을 가망가망 내리다보는데, 엄마야! 고만 새이집 한 쭉 모티가 찌불텅하기 니리앉은 겉은 기 아모래도 그 안에 구신이 들앉은 갑드라, 놀란 달구새끼

횃대줄똥을 싸듯이 줄행낭을 놓는데, 마첨 하눌을 올리다보이끼네, 평소에 세숫대야만 하던 허옇던 보룸달도 따라 식겁을 했는지, 낮짹이 왼통 쪼막손만 한 기, 포리쪽쪽해겠드마는

---

* 대구는 경상북도의 도청 소재지이므로 시골에서 유학 온 학생을 비롯하여 장사꾼 등 많은 유동인구가 대구로 집결했다. 필자는 대구에 오랫동안 거주했기 때문에 당연히 안동, 영주, 봉화, 예천을 비롯하여 포항, 영덕, 고령, 성주, 청도에 이르기까지 인접 지역의 다양한 경상도 사투리를 접할

수 있었다.

* 새이집 : 옛날 상엿집은 대개 마을에서 좀 떨어진, 사람 눈에 잘 뜨이지 않는 산비탈 외진 곳에 있었다.
* 그단에 : 그동안에
* 배루고 : 벼르고
* 안티골 : 안티는 산모의 胎를 말한다.
* 초지역 : 초저녁
* 이역할 때 : 이슥할 때
* 질을 : 길을
* 끝타아 : 끝에. 타아는 별 의미가 없다. '타아'와 같은 말은 접미어로서 별 의미는 없지만 언어와 언어 사이의 흐름을 매끄럽게 한다던가, 토속 母語의 맛깔스런 억양을 유지하는데 큰 역할을 한다고도 할 수 있다.
* 막은안창집 : 막혀 있는 안쪽에 있는 집. 시골마을에, 마을이 끝나는 곳에는 대개 산이 가로막혀 있는데 바로 그 산 아래 있는 집. 그러니까 마을의 제일 끝쪽에 있는 집을 '막은안창집'이라고 한다.
* 옆푸라 : 옆으로. 푸라는 별 의미가 없다.
* 배껕마당 : 주로 공용으로 쓰이는 바깥에 있는 마당
* 호무래이 : 곡선으로 휘어진 길
* 방고개 만데이 : 방고개는 半고개, 만데이는 꼭대기를 말한다.
* 쪼만한 : 조그마한
* 산삐얄 : 산비탈
* 위진 곳 : 외딴 곳
* 살찌이맹쿠로 : 고양이처럼
* 둣 넘이 : 두 놈이
* 이망빼기에 : 이마에
* 사부재기 : 조용히
* 모티 : 모퉁이
* 찌불텅하기 : 구부러져 기울어진 모양
* 니리앉은 : 내려앉은
* 구신 : 귀신
* 식겁을 하다 : 질겁을 하다
* 낯쩍이 : 낯짝이
* 쪼막손 : 작은 손
* 한 기 : 한 것이
* 포리쪽쪽한 : 포르스럼한

경산慶山 자인慈仁 열무

– 아이구 고시에라
– 아이구마 달구마는
– 구시다카이 구시다 안 카덩교
– 그냥 꼬오옥 꼬오옥 씹어 보소 얼마나 단지

– 제리 묵는 열무는
경산 자인 논두렁
콩밭 새에서 키운 열무가
젤이구마는

* 慶北 慶山郡 慈仁面. 어릴 적 날것으로 절여서 먹는 열무로는 경산 자인의
  논두렁 콩밭 사이에서 키운 열무를 최고로 쳤다. 논두렁 콩밭 사이에서 키운
  열무는 그냥 밭에서 키운 열무보다 열무 특유의 독특한 향미가 있다고 한다.
* 고시에라 : 고소해라.
* 구시다카이 : 고소하다니까
* 안 카덩교 : 말 안 하던가.
* 제리 묵는 : 절여서 먹는
* 새에서 : 사이에서
* 젤 : 제일

말보로 양담배

자유당 말기, 주로 행세깨나 하는
졸부들의 당시에 유행하던 패션 감각
이라는 것이 이러했다
구로메가네에다 가짜인지 진짜인지도
모르는 로렉스 시계, 구찌 허리띠에다
루이뷔똥 구두까지 챙겼다. 속옷이 언뜻언뜻
비쳐 보이는 한산 세모시 남방을 걸쳤는데
압권은 윗주머니에 찔러 넣은 살짝
비쳐 보이는 한 갑의 말보로 양담배였다
신분상승身分上昇을 알리는 가장 확실하고도 빠른
징표였던 이것, 보일 듯 말 듯 슬쩍슬쩍
보여야 하고 끝내 주변에서 보아 주지
않으면 허리라도 한번 슬쩍 비틀어 줘야 하는
이 말보로 양담배 한 갑의, 한 시대의
우화寓話 한 토막

대구 30

명성사진관

여섯 살쯤 된 사내아이가 큼지막한 사진 한 장을 들고
난리를 친다
– 엄마아, 이거는 누부야 얼굴이 아이다 카이
– 아이고 이노무 자석이 와 이카노
부엌일을 하던 엄마는 종내 부지깽이를 내려놓고는
손아래 시누에게 푸념을 늘어놓는다
– 아이구 우짜꼬, 사진일랑 고마, 아무 데서나 찍을꺼로,
얼굴로 너무 **뺀지리하게** 맨들어 났구마는,
저너무 자석이 나쭹에 머라 안 카까, 우쨌던지 쟈가
시집 가서 잘살아야 될 낀데

* 明星사진관 : 5, 60년대 대구 지역은 물론 전국에서 제일 사진 잘 찍기로
  소문났던 명성사진관. 곰보 째보도 선남선녀로 둔갑시켜 버린다는
  명성사진관. 신랑신부 될 사람이 서로 맞선을 보기 전 양측이 '사진교환'
  이라는 절차를 거쳤던 시절, 형편이 어려운 집안의 규수들은 사진값이 엄청
  비싸다는 세간의 염려도 뿌리치고 이 사진관에서 '맞선사진' 한 번 찍는 것이
  선망이었다.
* 누부야 : 누나
* 아이다 카이 : 아니다고 하니까
* 와 이카노 : 왜 이러느냐
* 뺀지리하게 : 반드레하게
* 저너무 자석 : 저놈의 자식. 곧 딸의 남편이 될 사람
* 나쭹에 : 나중에
* 머라 : 뭐라고
* 쟈가 : 저애가. 곧 딸을 말함.
* 안카까 : 얘기 안 할까.
* 될 낀데 : 될 것인데

하지夏至
— 칠성동 한도랑에서

철개이 한 마리
또랑 우에
안질락 말락
안질락 말락

꼬랑대기로
또랑물에 점을
꼭꼭 찍어 쌓는다

하늘이
터—엉 빘다

* 철개이 : 잠자리
* 안질락 말락 : 앉을 듯 말 듯
* 꼬랑대기 : 꽁지
* 빘다 : 비었다

대구 32

뒷산 산삐얄쪼오서 자질구리한 천둥소리가
줄방구띠방구로 엮끼 나오다
— 고산골에서

쏘내기가 한 줄기 할랑강

뒷산 산삐얄 쪼오서 번갯불이
및 분 뺏뜩거리 쌓티마는
이내 자질구리한 천둥소리가
줄방구띠방구로 엮끼나온다

쏘내기가 억수로
퍼벘다가 그친다

마당 한 쪼오는
따리아가 되리 붉다

하늘에는 발씨로
식은 낮달이
시큰둥하다

* 고산골 : 대구의 앞산 왼켠에 있는 골짜기. 대구상고 시절, 단골로 소풍
  다니던 곳이다
* 산삐얄 쪼오서 : 산비탈 쪽에서
* 한 줄기 할랑강 : 한 줄기 오려나 보다
* 및 분 : 몇 번
* 뺏뜩거리다 : 번쩍거리다
* 줄방구띠방구 : 방귀소리가 줄줄이 떼를 지어서 연이어 나옴. 경상도에서는
  떼를 띠로 발음한다. 떼 말고도 어떤 무리나 집단을 말할 때에 떼서리란
  말을 쓰기도 하는데 이 말을 경상도에서는 곧잘 띠시리라고 하는 것이다.
* 엮끼 나온다 : 엮어 나온다
* 씨신 듯이 : 씻은 듯이
* 한 쪼오는 : 한 쪽에는
* 따리아 : 따알리아
* 되리 붉다 : 되레, 오히려 붉다의 뜻. 빗물에 씻기어 이전보다 더 붉게 보임.
* 발씨로 : 벌써

70

대구 33

대구은행 본점 앞 옛날 수성뜰에서
황금동 쪽을 바라다보며

오손도손이란 말
점점 없어진다

옹기종기란 말
점점 없어진다

아웅다웅이란 말
점점 없어진다

아기자기란 말도
점점 없어진다

다문다문이란 말
같은 것은 이제
참 듣기 어렵게 되었다

이제는 스물스물 같은
말도 세상에서 완전히
사라질 것이다
빈대까지 없어졌으니

* 壽城뜰 : 지금은 초호화 아파트촌이 들어섰지만 옛날 대구의 곡창지역이었던
　드넓은 수성뜰에는 다문다문 農幕들이 보였고 저 건너 산뻬알에는 초가들이
　옹기종기했었다.
* 황금동 : 大邱市 東區 黃金洞

동성로 東城路

축복!
동성로에 봄볕이 완연하다
화사하여라
아가씨들의 저 맵씨
쌀포대에
쌀을 많이 담아서
쌀포대가 미어터지듯이
봄볕이 넘치도록
그득 차서
온통 동성로가
봄햇살로 미어터지겠다
아 축복, 축복!

* 동성로 : 대구 제일의 번화가

대구 35

오달용 소방감 吳達龍 逍防監

빼어난 두릴빵수는
천지를 조영造營할 만하고

번뜩이는 기지는 날카롭고
멀리 아우르는 안목은 깊다

느닷없는 사이렌 소리에
혼비백산한 저들,

마침내 무거운 손을 들어올려
인장印章을 누르니

한 어린아이,
문맹文盲의 두터운
눈까풀이 벗겨졌구나

* 오달용 소방감 : 5, 60년대, 대구 消防界의 전설적인 인물, 당시 대구시민으로부터 불 끄는 데는 火神, 물에 빠진 사람을 구하는 데는 물귀신이라는 호칭을 들었을 정도로 소방 업무에 탁월한 능력을 발휘한 인물이다. 필자가 대구소방서에 사환으로 있을 때 副署長 겸 消防課長을 지내셨다. 그때 마침 필자가 가정형편으로 중학과정을 휴학 중 소방당국의 호의로 대구의 모 중학교에 편입학을 수속 중이었는데, 서류 미비로 퇴짜를 맞아(前에 다니던 중학교에는 공납금 체납으로 제적된 상태임) 난감한 상태였다. 다행히 두 번째 서류 제출 때 동행한 吳達龍 消防監의 순간적인 기지로, 요란한 사이렌 소리를 울리는 消防車가 예의 중학교 운동장을 세 바퀴나 도는 示威 끝에 편입학 서류를 받아내는 데 성공한 것이다. 필자에게는 학업의 문을 열어 준 잊을 수 없는 은인이다.
* 두릴빵수 : 위엣 돌을 빼서 아래에다 고이고 아랫돌은 빼서 위에다 고이는 식의 즉흥적인 융통성, 혹은 응용 능력을 말하는 대구 사투리

기린원麒麟苑

문경聞慶에 사는 한 촌로村老가 손주며느리를 보게 됐다는
청첩을 받고는
— 할마시 보소, 대구 큰아아가 대구 기린원이라 카는 데서
며느리를 본다는구마 잔치로 기린원에서 한다 카이끼네
기린麒麟도 보겠구마는
— 아이구 내사 예전에 대구 달성공원서 코끼리는 봤지
만서도
기린은 아죽 못 봤시이께 잘 됐시더

그 후 촌로 내외가 잔칫날 기린을 보았다는 소리는
듣지 못했다

* 기린원 : 대구의 유명한 중화요식점. 나중에 예식업을 겸하게 되었다.

배추전煎

배추찌짐은 디집어 엎어
논, 무시 솥띠끼우에다
꿉어야, 지맛이다
둥굴오목한 솥띠끼를
후꾼 달구어
돼지지름을 아지매들
성질대로 알라들
호작질하딧이 마구잽이로
문질러 놓고서는
큼지막한 배추잎사구로 하나
머얼건 밀가루반죽에다 담뿍 적셔 내어
솥띠끼우에다 찌지직 앉히는 것이다
식은 배추찌짐을 쭈우욱 쭉
찢어서 눈집장에 콕 찍어서
먹는 맛이란,
잔치음석으로는 배추전이 아랫전
이지마는 뒷잔치 음석으로는
배추전이 웃전일세

* 디집어 엎어 논 : 뒤집어 엎어 놓은
* 무시 솥띠끼 우에다 : 무쇠 솥뚜껑 위에다
* 꿉어야 : 구어야
* 지맛이다 : 제맛이다
* 눈집장 : 고추장, 식초, 물엿, 간장 등을 섞어 만든 초장. 우리나라 傳來의
  소스라 할 수 있는데, 주로 菜蔬煎을 찍어 먹을 때 요긴하게 쓰이는
  양념장이다.
* 아랫전 : 아랫자리, 곧 下品이라는 뜻
* 웃전 : 위엣 자리, 곧 上品이라는 뜻
* 뒷잔치 : 본잔치가 끝난 후 품앗이로 잔칫일을 도와 준 동네 아낙네들을 불러
  모아 가까운 이웃들과 함께 잔치에 쓰고 남은 허드레 음식을 나누어 먹으며
  즐기는 일

조밥

해가 짱짱하다

이리키 가문데
비 올 요량은 안 하고

내사마 무울 때 입 아이
꺼끄러브 가주고
조밥은 싫다 카이끼네

해가 짱짱하다

* 이리키 : 이렇게
* 비 올 요량은 안 하고 : 비 올 생각은 않고
* 내사마 : 나야말로
* 무울 때 : 먹을 때
* 입 아이 : 입 안이
* 꺼끄러브 가주고 : 까슬까슬해서
* 카이끼네 : −라고 말하니까

대구의 장터

옹기전
장작, 소깝전은
남문시장南門市場

청어, 대구
비릿한 어물전에다
양단, 모빈단 포목전은
서문시장西門市場

능금, 과일
남새꺼리는
칠성시장七星市場

싱싱한 회간꺼리, 소천엽에다
너비아니, 명란, 창란 겉은
우쭈씨 찬꺼리는
염매시장廉賣市場

우시장은
내당동內唐洞 땅골

* 소깝 : 땔감으로 엮은 소나무 바리
* 모빈단 : 모본단의 방언으로 비단의 한 가지
* 우쭈씨 : 上品이란 뜻의 대구지방 사투리

지리상갈상

빨래꺼리를 뒤적거리던 엄마가
숨 끊어진 다음의 자투리 같은
끓는 소리로 내뱉었다
— 아이구 우얐끼네라, 쟈, 속옷이
지리상갈상 떨어졌구나! 딴 거로
빈줄라 가주고라도 퍼떡 니 내복
부터 한 불 사재이

* 지리상갈상 : 산산조각, 갈기갈기의 뜻
* 우얐끼네라 : 어쩌겠나
* 쟈 : 저애
* 떨어졌구나 : 해어졌구나
* 딴 거로 : 다른 것으로
* 니 : 너
* 빈줄라 가주고 : 어떤 정해진 量에서 한 쪽의 양을 줄이고 그 줄인 양만큼
　　다른 쪽에 쓰는 것
* 퍼뜩 : 얼른
* 한 불 : 한 벌
* 사재이 : 사자꾸나

복현동伏賢洞

느릿느릿 느림보
구부구부 만장萬丈 것치
흐리는 금호강 옆에

푸르러 푸르러
푸르렀던 검다이檢丹
보리밭 밑에

새빅이 맑았던
배자못 밑에

앞니로 잘근잘근 깨물어
보리피리 만들어 불곤 하던
그런 추억들 우에 우에

대구시 북구 복현동伏賢洞이
있었다네

* 복현동 : 대구시 북구 복현동
* 금호강 : 포항시 죽장면에서 발원. 대구시 동북을 휘돌아 흐르는 강
* 검다이檢丹 보리밭 : 대구 남단의 노곡동, 조야동, 동변, 서변을 시작하여
  검다이를 거쳐 복현동, 신기동에 이르기까지 끝없이 푸르런 보리밭이
  펼쳐졌는데 검다이 보리밭은 그 중심에 있었으며 정말 장관이었다.
* 배자못 : 복현동과 검단동 사이에 있던 꽤 큰 연못. 지금의 문성초등학교
  자리에 있었다.

덩더꾸이

우리 마실에는
덩더꾸이가 마이 산다

뒷집에는
맨날 알라만 울리는
덩더꾸이 알라 아부지

앞집에는 밥하민서
맨날 밥만 태우는
덩더꾸이 이 집
작은미느리

옆집에는
해그름만 되마
지 그렁지 붙잡아 볼라꼬
헛발질만 해 쌓는
덩더꾸이 칠복이늠

한 집 건너 웃집에는
맨날 헛타아다

총을 쏘아대 가주고
쥔 새는 놓치고 나는
새만 잡으로 댕기는
엉터리 포수
덩더꾸이 먹보영감

꽃 조코 물 조흔
우리 마실
덩더꿍!
덩더꿍!

덩더꾸이가 많은
우리 마실
덩더꿍!
덩더꿍!

* 마실 : 마을
* 덩더꾸이 : 사전적으로는 '아무것도 모르면서 끼어드는 사람'으로 되어
  있으나 경상도에서는 조금 다른 의미로 쓰인다. 대개는 덤벙대다가 실수를
  한다거나 성격이 맵짜지 못하여 매사에 양보만 하다가 2등만 하는 사람들을
  말하는데 반드시 바탕에는 선량함이 깔려 있어야 하는 것이다. 융통성 없이
  우직하기만 하다던가 천진난만하여 바보스럽다던가 하는 사람들이 실수를

하였을 때 우스꽝스러움을 동반했다면 그야말로 덩더꾸이가 하는 짓이라고
할 수 있다.

* 맨날 : 매일같이

* 알라 아부지 : 아기 아버지

* 해그름 : 해가 질 때쯤. 이때쯤이면 대개 사람의 그림자가 길어진다.

* 지 그렁지 : 제 그림자

* 헛타아다 : 엉뚱한 곳에다

* 쥔 새는 : 손 안에 쥐고 있는 새는

* 덩더꿍 : 북이나 장구를 흥겹게 두드리는 소리, 혹은 흥이 났을 때 얼씨구
하면서 추임새를 넣는 것

엉기불통

엉기불통
시에미 심통
자동차 발통

---

* 엉기불통 : 막무가내의 의미가 있음. 염치불구하고 마구 내달음.

* 대구지방의 전래 俗謠인 듯. 어릴 때 동요처럼 부르곤 했다. 그 시절은
  자동차가 귀한 시절이라 동네에 자동차가 한 대라도 들어왔다 하면
  아이들이 새까맣게 달라붙어서 만져 보곤 했었다.

살을 섞다

너댓 살은 문 머시마가 곽중에 누 난에 티꺼풀이 드러가서 까끄러브 죽겠다고 죽는 시용을 하는데 에미가, 아이고 이노무 자석, 하민서 머시마 궁디를 찰싹 때리민서 자리에다 닙힌다 에미가 반디시 누븐 머시마 눈까풀을 까디집고는 빨간 새 끝으로 누 난을 요게조게 핥기 시작디마는 마츰내 개자씨만쿰 쪼맨한 까망 점 같은 기 에미 빨간 새 끝에 묻어나왔다 머시마가 무망간에 발딱 일어나민서 '만세, 엄마 인자 갠찮다' 카이끼네, 에미가 '아이고 고노무 자석 하민서 또 한 분 머시마 궁디를 찰싹 때린다

* 너댓 살은 문 : 너덧 살은 먹은
* 머시마 : 어린 사내아이
* 곽중에 : 갑자기
* 누 난에 : 눈 안에
* 티꺼풀 : 티 같은 나부랑이
* 까끄러브 : 까스러워
* 시용 : 시늉
* 궁디 : 엉덩이
* 닙힌다 : 눕힌다

* 반디시 : 반듯이
* 누븐 : 누운
* 까디집고는 : 까서 뒤집고는
* 빨간 새 끝 : 빨간 혀 끝
* 누 난을 : 눈 안을
* 개자씨만쿰 : 겨자씨만큼
* 쪼맨한 : 아주 작은
* 무망간에 : 예고도 없이 갑자기
* 또 한 분 : 또 한 번

오늘, 가수 남진南珍이 반월당半月堂 고려다방을 접수하다

오늘은 섭씨 38.6도
기상관측 이래 이런 더위는 처음이란다
삼 일 간의 황금연후 첫날
대구가 텅텅 비겠다
앞집 미자는 화원花園 유원지로 놀로 갔뿌리고
옆집 춘자는 가창嘉昌 냉천으로 놀로 갔뿌리고
뒷집 말자는 옥포玉浦 용연사로 놀로 갔뿌리고
두 집 건너 춘희는 앞산 안지래이에
물 맞으로 갔뿌리고
마담언니는 친정엄마네 갔뿌리고
고려다방 미쓰 김, 입이 댓발이나 티나왔다
잘 돌아가던 유성기 바늘이 살짝 오버를 했는지
남진의 '가슴 아프게'란 노래가 골백번도 더 꼽빼기를
한다
오늘 가수 남진이, 반월당 고려다방을 완전히 접수해 버
렸다

* 반월당 : 대구 중앙통에 있는 번화가
* 고려다방 : 대구의 중앙통 반월당 네거리에서 남문시장 방향으로 고개 위에
  있던 다방
* 놀로 갔뿌리고 : 놀러 가버리고
* 안지래이 : 대구 앞산에 있는 유원지. 작은 폭포가 있어 사람들이 폭포수를
  맞으며 더위를 피하곤 했다.
* 댓발이나 티나왔다 : 다섯 발이나 튀어나왔다는 말로, 한 발은 양팔 사이의
  거리이니 다섯 발이나 입이 튀어나오다란 말은 사람이 화가 몹시 났을 때의
  모습을 말하는데 경상도식 과장법의 표현이다.
* 유성기 바늘이 오버하다 : 유성기 바늘이 겉돌아가는 것

대구 46

디디티DDT

이나 빈대 벼룩을 없애 준다니
고맙기는 하나 썩 내키지는 않았다
생전 처음으로 코쟁이와 맞닥뜨렸는데
허리춤을 느슨하게 하는가 했더니
다짜고짜로 흡사 휴대용 분무기처럼
생긴 것을 사타구니 사이로 쑤셔 넣더니
드르륵 하고 한번 소리를 내자
하얀 횟가루 같은 것이 쏟아져 들어왔다
아, 이 메캐한 내음
난생 처음 맡아 보는
서양西洋의 냄새
화학化學이라는 이름의 냄새

* 유기염소 계열의 살충제(dichloro-diphenyl-trichloro-ethane). 특히 이나
  벼룩 빈대의 박멸에 탁월한 효능을 발휘했다. 6·25 전란 때는 검문소를
  지날 때마다 미군들로부터 DDT 세례를 받곤 했다. 인체에 유해성 논란으로
  70년대 이후 사용이 금지되었다.

꼬방시다

　작은오마씨와 큰오마씨가 한테 사는 웅이네에 지역답이
되자 이집 영감이 대문을 들어섰다. 영감재이가 하마나 오
까, 하마나 오까 하민서 누이 빠지게 기다리던 작은오마씨
가 엉기불통하고 쫓아 나가는데, 고만 코고모신 코에 발가
락이 잘못 찡깄는지 발딱 나자빠지고 말았다. 이 꼬라지를
외미닫이 밖으로 얼치거이없이 내다보고 있던 큰오마씨가
사부재기 내뱉었다.
　'아이고 고고 꼬방시에라'

---

* 옛날에는 본처와 첩이 한 집에 사는 경우가 더러 있었다.
* 꼬방시다 : 서로 대척점에 있는 쌍방에서 한 쪽에서 실수를 했을 때 다른 한
　쪽이 쾌감을 느끼는 경우를 말한다.
* 작은오마씨 : 작은엄마, 곧 첩을 말한다.
* 큰오마씨 : 큰엄마, 곧 본처를 말한다.
* 한테 : 함께, 같이
* 지역답 : 저녁답
* 하마나 오까 : 이제나 올까
* 엉기불통 : 막무가내
* 꼬라지 : 꼬락서니
* 얼치거이없이 : 넋 잃은 듯 정신없이
* 사부재기 : 조용히

나이롱 백뿌로

우리나라 나일론 산업의 선구자 이원만李源萬이 대구 신천동新川洞에 한국나일론 대구공장을 처음 준공하고 기념식이 열리던 날, 공장 앞은 대구시민들로 인산인해였다. 기념품으로 주는 우리나라에서는 난생 처음인 나일론 보자기를 하나씩 얻기 위해서 였다.

- 희안하기도 해라. 석탄 덩거리로 맨들었다 카던데

우째 끄시름이 하나도 안 묻노

하면서 뽈때기에다가 문질러대는 아낙도 있었다

- 소 심줄은커잉 철사보다도 더 질기다 카더마는

오늘도 시골 할매들, 나일론이라는 말은 빼버리고 백뿌로, 백뿌로 해쌓는다

---

* 나이롱 백뿌로 : 원래 나일론 백프로라는 말인데 나일론이라는 옷감의 조직 구성요소가 經絲, 緯絲 모두가 백퍼센트(100%) 순전히 나일론 실로만 짜여졌다는 말인데 나중에 나일론이라는 말은 빼 버리고 그냥 일본식 발음으로 백뿌로, 백뿌로라고만 부르곤 하였다. 시골 할머니들도 곧잘 백뿌로, 백뿌로 해쌓는데 시골의 村老들이 어떻게 수학의 百分率까지 알까마는 어쨌건 이러한 것까지도 당시 수학의 領域이 시골에까지 확대되었다고 할 수 있을는지
* 덩거리 : 덩어리
* 끄시름 : 그을음
* 뽈때기 : 뺨
* 심줄 : 힘줄
* 커잉 : 커녕

신 주무이

신 주무이, 하면 금방 연상되는 것은 초등학교 2, 3학년
은 됨직한 사내애들이 엄마한테서 용돈을 후히 얻었을 때
너무나 신이 나서 신 주무이를 든 오른손을 크게 원을 만
들어 흔들며 풍차처럼 돌리면서 문 밖을 뛰쳐나가는 모습
아닐까

학교에서 신 주무이를 가지러 집으로 쫓겨나던 날, 길
양켠의 민들레들은 왜 그리 아름답던지, '단순히 신발을 담
는 주머니' 이상으로 나에겐 아련한 추억의 의미를 가졌던,
6년 내내 내 소중한 책가방의 귀여운 동생뻘이었던 신 주
무이!

* 신 주머니

대구 50

반야월半夜月

날씨가 차갑다
텅 빈 반야월의 하늘에
흡사 한문 글씨에서
삐침의 丿 모양으로
살짝 삐쳐 있는
초승 낮달이
새초롬하다

* 반야월半夜月 : 俗稱으로 불리는 대구의 지명. 행정구역상의 반야월이라는
  지명은 없다. 대개 대구시 동구 安心, 新基, 栗下洞 일원에 걸쳐 있다. 고려
  태조 왕건이 공산성싸움에서 견훤에게 패하고 이곳을 지날 때 마침 하늘에
  반달[半月]이 떠 있었다고 하여 반야월半夜月이라는 이름이 붙여졌다고 한다.

4부

詩篇 3

태평로 2가街

저저아래는 누부야가 와서
봄똥배추짐치 담가 놓고 가고

저아래는 누부야가 와서
이불홑청 빨아 놓고 가고

아래는 누부야가 햇찐쌀
한 보시기 갖다 놓고 가고

어제는 누부야가 안 왔다

오늘은 누부야가 올랑강?

* 태평로 2街 : 대구시 북구 관내의 동네 이름. 필자가 살던 칠성동 인근에
  있었다. 칠성동과 마찬가지로 그리 넉넉지 못한 사람들이 많이 살았다.
  더욱이 주변에 경부선 철도가 가로질러 있어 항상 부산스러웠다. 또 부근에
  무연탄을 쌓아 두는 貯炭場이 널려 있어 빨가벗고 노는 아이들은 온통
  새까맣게 더러워져서 언제나 惻隱之心을 자아내게 했는데, 이러한 것들이
  쌓여서 이런 작품을 쓰게 된 동기가 胚胎되었는지도 모르겠다.
* 저저아래 : 그제의 이틀 전날
* 누부야 : 누나
* 저아래 : 그제의 하루 전날
* 아래 : 어제의 하루 전날. 그제를 말한다.
* 보시기 : 사발보다는 조금 작은 그릇
* 올랑강 : 오려나 몰라

실밥 한 올

어느 날 이불바느질을 하시던 엄마와 마주쳤는데 우연히 엄마의 입술과 저고리 앞섶에 실밥 한 올 씩이 그냥 묻어 있는 것을 보았다

일순간 갑자기, 나는 한 올의 실밥이 묻어 있는 엄마의 모습에서 이전의 엄마와는 또다른 엄마를 보았다

한 엄마에서 한 모성母性으로 옮겨 간, 산뜻한 전이轉移를 목격하였던 것이다! 마치 백합百合에서 모란牧丹으로 옮겨 가듯이

엄마를 한 엄마에서 한 모성으로 옮겨 놓은 한 올 실밥의 수수께끼는?

유년오미幼年五味

> – 필자가 유년시절 즐겨 먹었던 다섯 가지 음식의 맛. 아
> 주 가난한 시절의 어릴 때라 그 시절 서민층 어린이들
> 특유의 먹거리 취향을 엿볼 수 있다.

물괘기는 눈까리가 마씻고

뱁추짐치는 꼬개이가 마씻고

수루매는 다리가 마씻고

다꾸앙은 복파이 마씻고

써리 논 짐밥은 다꾸앙이나

우붕 뿌리이 것튼 기 삐쭉삐쭉

티나온 가아따리 끄티쪼오가

마씻고

* 물괘기 : 생선
* 눈까리 : 눈깔, 눈알
* 꼬개이 : 고갱이. 여기서는 배추의 뿌리쪽을 잘라 낸 밑둥부분을 말한다.
  옛날 엄마가 김치를 썰다가 김치 마지막 고갱이 쪽이 남으면 한 입씩 주시곤
  했는데, 배추뿌리가 조금 섞여 있는 고갱이 김치는 씹을수록 고소한
  별미였다. 지금의 아내는 기생충이 가장 많이 스며들 위험성이 있다고
  하면서 김치 고갱이는 가차없이 버리곤 한다.
* 수루매 : 오징어
* 복파이 : 복판, 가운데
* 써리 논 짐밥 : 썰어 놓은 김밥
* 다꾸앙이나 우붕 뿌리이 것튼 기 삐쭉삐쭉 티나온 가아따리 끄티 쪼오가
  마씻고 : 다꾸앙이나 우엉 뿌리 같은 것이 삐쭉삐쭉 튀어나온 가장자리 끝
  쪽이 맛있고

가친오미 家親五味

- 생전에 아버지가 즐겨 드시던 다섯 가지 음식의 맛. 웬만큼 밥술
이나 먹고 살만 할 때 아버지의 食道樂은 참 기이하고 특이했다
오죽했으면 엄마는 "세상에 참 빌빌 희안한 食性도 다 보겠구마
는" 하시면서 푸념을 늘어 놓곤 하셨다 특히 "고구마는 껍질이
더 맛이 있다" 같은 부분에 대해서는 도저히 이해가 되지 않
는다는 얘기를 많이 하셨다 또한 아버지는 당신이 좋아하는 음
식을 드실 때에는 아주 특이한 여러 몸짓을 보이곤 하셨다

밥반찬으로는, 밍태껍띠기 여서 끓인 딘자아서 몰랑
몰랑 익은 밍태껍디기를 젓까치로 조신조신 건져, 밥 우에
얹어서 몰랑몰랑 씹어 자시는 기 그 첫째 맛이고

씹어마 씹히는 그 맛이 쫀닥쫀닥하다 카시민서, 밥 우
에다 찐 팥잎사구를, 짜박짜박 끓인 강딘장에, 하얀 맨자
지 쌀밥으로 쌈을 사서 쫀닥쫀닥 씹어 자시는 기 그 둘째
맛이고

막창에 가찹은 부위의 곱창을 사와서는 어지간한 숯불
에 노릿노릿 꿉어서 껌 씹딧이 및 시간 씩이나 재근재근
씹어 자시는 기 그 싯째 맛이고

고구마로 푸욱 삶아 돌라 케 가주고는 불도 키지 않은
어독어독한 바아서 문 쪼오로 등더리를 비이게 하고는 엎
디려서 고구마껍디기로 조근조근 빗기서 야물야물 씹어
자시는 기 그 니째 맛이고

깜동콩을 볶아서 쌀 뉘 골리딧이 상床 우에다 가지러히
벌씨 놓고 한 알씩 입 안으로 톡톡 던져 넣고는, 바짝 에빈
뽈때기가 오막오막하민서 올캉졸캉 씹어 자시는 기 그 다
섯 분째 맛이다

* 밍태껍띠기 여어서 끓인 딘자아서 : 명태껍데기를 넣어서 끓인 된장에서
* 젓까치로 …… 밍태껍디기를 : 젓가락으로 …… 명태껍데기를
* 쫀닥쫀닥하다 카시민서 : 쫀닥쫀닥하다고 말씀하시면서
* 팥잎사구 : 팥잎사귀. 아버지는 밥 위에다 찐, 팥잎사귀로 쌈 사 자시는 것을
　무척 좋아하셨다. 쫀닥쫀닥하게 씹히는 맛이 일품이라면서 호박잎이나
　콩잎사귀 같은 것은 멀리하셨다.
* 강딘장 : 강된장. 국물이 작은 된장
* 맨자지 : 잡곡을 조금도 섞지 않은 쌀밥
* 자시는 기 : 잡수시는 것이
* 가참은 : 가까운
* 막창에 가까운 부위의 곱창은 아주 쫄깃쫄깃해서 씹는 맛이 좋다
* 돌라 캐 가주고는 : 달라고 해 가지고는
* 불도 키지 않은 어독어독한 바아서 : 불도 켜지 않은 어둑어둑한 방에서
* 문 쪼오로 덩더리를 비이게 하고는 : 문 쪽으로 등을 보이게 하고는.
　아버지는 흔히 문 쪽으로 등을 보이게 하고는 뭔가를 골똘히 생각하시는
　등의 몸짓을 자주 보이시곤 했는데 이럴 때면 〈아참, 아버지가 무척
　외로우시구나〉 하는 생각이 들곤했다
* 빗기 : 벗겨
* 골리딧이 : 골르듯이
* 벌씨 놓고 : 벌려 놓고
* 에빈 뽈때기가 : 여윈 뺨이

처서

오늘은 모기 입이
삐뚤어진다는 처서

대구의 이름난 하수구下水溝 출신出身의
모기들이 일제히 한자리에 모여
"앞으로는 나쁜 거짓말 따위는 일체 하지 말 것"
"찬 돌멩이나 바위 위에서 절대 낮잠을 자지 말 것"
등의 방책으로 더 이상 저네들의 입이 삐뚤어
지지 않을 묘책을 만들어 냈다

올해는 이래저래 대구에
늦더위가 올 것 같다

---

* 예로부터 處暑가 되면 더위가 물러간다는 의미로 모기 입이 삐뚤어진다고
했다. 또한 옛날 대구지방에는 거짓말을 하거나 찬바위 위에서 낮잠을 자면
입이 삐뚤어진다는 속설이 있었다.

맨소리담

칠성동七星洞에서
생전 처음으로 기막히게
모던했든 한 낯선 냄새를 흡입
했을 때, 느닷없이 어느 캘린더
에선가 보았던 호주 시드니항港의
하얀 돛배 한 척을
떠올렸던 것이다

* 맨소리담 : 맨소래담
* 칠성동 : 필자가 생애의 전반을 살았던 대구의 동네 이름

동춘東春 사까수단

동춘 사까수단은 꼭 잊을 만할 때쯤
늦가을이면 신천新川 갱빈에 등장하곤 했습니다

지금도 기억에 남는 것은 사까수단의
단원들이 천막 한 모퉁이에 길길이 널어
놓았던 형형색색의 빨래들이었습니다

쌉사리한 가을바람에 한껏 펄럭이던 빨래는
조금은 무거워 보이는 사까수단의 천막을
가볍게 들어올리는 것 같았습니다
아주 저 머언 하늘 쪽으로

또한 높다란 천막 위에는 아득히 누마루를 만
들어 놓고 그 위로 악사樂士들이 늘어앉아 음악을
연주하곤 하는 것이었는데 압권은 경쾌하게 울
러퍼지는 트롬벳 소리였습니다

이 트롬벳 소리 또한 사까수단의 천막을
가볍게 들어올리는 것 같았습니다
아주 저 머언 하늘 쪽으로

사까수단이 떠나 버렸다는 소식을 듣고 달려
갔을 때는 이미 사까수단은 사라져 버리고
천막기둥을 뽑아낸 휑한 구덩이만 거기에
있었습니다

아직도 잊을 수 없는 것은 사까수단을 늘상
따라다니며 목에 쇠오랏줄을 한 채, 남국南國 고향을
생각는지 늘 눈망울이 애잔했던 그때 벌써 늙었던
한 마리 원숭이였습니다

* 東春 서커스단 : 東春 서커스단은 우리나라에서 가장 역사가 오래 된
  서커스단이다. 사까수란 말은 일본식 발음인 데 그 시절은 아이, 어른 할 것
  없이 모두가 사까수, 사까수라고 해서 서커스란 말보다 훨씬 친숙한 이름이
  되었다. 2, 3년에 한 번씩은 七星洞 新川 강변에서 공연을 하곤 했다.
* 갱빈 : 강변

무태 無怠

새들은 무태서
많이 운다

팔조령八助嶺 넘어온 새가
지산池山 범물凡勿 지나
잡쌀고개께를 휘돌아 가서는
검다이檢丹 배자못가에서 울거나
무태서 많이 운다

바람은 무태서
많이 분다

요동遼東에서 신의주를 넘어온 바람이
왜관 석전石田 지나
칠곡漆谷 가산架山에서 불거나
팔달교八達橋께에서 휘돌아 가서는
무태, 동변東邊 서변西邊에 와서
많이 분다

꽃은 무태서

많이 핀다

민들레 할미꽃 꽃다지 패랭이 참꽃 따위야
대구 아무데서나 지천이지만
거의가 노곡魯谷 조야助也 어름인
무태서 많이 핀다

* 무태 : 대구 북단에 있는 전원마을. 끝없이 모래사장이 펼쳐져 있었으며
 풍광이 아주 빼어난 곳이다. 고려시대 八公山 전투때 왕건王建의 군사들이
 이곳에서 휴식을 취할 때에 태만怠慢하지 말라고 해서 무태無怠라는 이름이
 붙여졌다고 한다
* 참꽃 : 진달래

대구 59

골목 끝과 골목 끄티

골목 끝에 한 여자가 서 있다
골목 끄티서 한 여인이 울고 있다

골목 끝에 바람이 지나간다
골목 끄티서 바람이 공상거리쌓는다

대개 마중은 골목 끝에서 하고
배웅은 골목 끄티서 한다

오늘도 나는 친구들하고 노니라고
잡차져서 정시이 없는데
지역 무라꼬 엄마가 부르는 곳은
언제나 우리 집 앞
골목 끄티서였다
골목 끝이라기보다는

---

* 끝과…… 끄티 : 끄티라는 말은 끝의 대구 방언이다. 그러나 끝과 끄티
  사이에는 미묘한 뉘앙스의 차이가 있다. 이 차이를 감지할 수 있는 사람이야
  말로 진짜 대구사람이라고 할 수 있을 것이다.
* 끄티서 : 끝에서
* 공상거리다 : 별로 중요하지 않은 이야기를 서로 조잘대는 것
* 노니라고 : 노느라고
* 잡차져서 : 어떤 일에 몰입한 상태를 말함.
* 지역 무라꼬 : 저녁밥 먹어라고

보릿고개

배는 고파 죽겠는데
서산에 해는
안주 짱짱하다

엄마가 저녁 이아 물 양으로
보리죽 한 사발을
실경우에 유룸해 논 거를
내가 봤는데

해는 여죽지
빠질 기척도 안 하고
자꼬 배미리기만
해쌓는다

* 안주 : 아직
* 저녁 이아 물 양으로 : 저녁끼니로 쳐서 먹을 작정으로의 뜻이 있다. 옛날
  보릿고개 시절 어머니들의 끼니 걱정은 정말 눈물겨웠다. 곡식이 귀하니
  으레 감자나 고구마, 호박 따위를 끼니 代用食으로 하곤 했는데 이럴 때는
  〈"야들아, 고구마가 저녁이데이, 나쫑에 저녁밥 돌라 카지 마래이"〉
  하시면서 다짐을 받곤 했다.
* 유룸해 논 거를 : 갈무리해 놓은 것을
* 여죽지 : 아직도
* 배미리기 : 아기가 기기 전 배로 밀어서 움직이는 것
* 보리죽은 엄마가 저녁 끼니로 먹을 작정으로 애써 마련해 숨겨 두었는데
  해가 얼른 빠져야 아이는 엄마에게서 저녁밥으로 보리죽 한 사발이라도
  얻어먹을 수가 있으니 아이는 해만 빠지기를 학수고대하고 있는 것이다.

산격동 山格洞

풀잎은
새벽 이슬이
무거울까

꽃은
서로의 꽃에게
얼마나 아름다울까

단비의
작은 빗방울에도
땅이 아플까

* 산격동 : 大邱市 北區 山格洞. 하천과 산을 더불어 끼고 있는 아름다운 전원
  마을이다. 대구大邱 徐氏(達城 徐氏)의 집성촌이 있으며 서거정徐居正 선생을
  제향祭享하는 구암서원龜巖書院이 있다.

밥 타는 냄새

아, 밥 타는 냄새, 이 얼마만이냐!
일제 코끼리표 전기밥솥이 들어와 자동 전기밥솥이
보편화되면서 밥 타는 냄새를 빼앗아가기 시작
하더니 이 땅에서 밥 타는 냄새가 사라졌던
것이다 갑자기 밥 타는 냄새에 옛날의 온갖 것
들이 왈칵 머릿속으로 쏟아져 들어왔다 저고리 앞섶
끝동에 까망 때가 묻었던 엄마 적삼, 백통 숟가락,
이가 빠진 얼레빗, 삼베 행주, 때 묻은 코고무신

양은洋銀 냄비의 밥 타는 냄새는 짝퉁이다
기실 진짜 밥 타는 냄새는 그으름이 잔뜩
그슬은 초갓집 부엌에다 무쇠솥을 턱하니
걸쳐 놓고 청솔깝으로 불을 때서 타는 밥냄새
라야 하는 것이다

참 오랜만에 뉘 집 신참 며느리가 밥을
태우는지 밥 타는 냄새가 진동을 하는데
아파트 층층마다 구수한 보리숭늉 한 대접
씩을 나누는 이런 보시布施가 또 있을라

말쌈

미느리가 상추쌈을 무울 때는
시에미 앞에서 누늘 뽈씨고

미느리가 말쌈을 무울 때는
시할매 앞에서 누늘 뽈씬다

* 말쌈 : 옛날 연못에서 많이 나는 食用水草의 하나로 '말'이라는 것이 있었다
  대개 양념장에 절여서 먹거나 쌈을 싸서 먹곤 했다. 특히 손바닥 가득히
  말을 듬뿍 얹고는 쪽파, 고춧가루, 참기름 등으로 갖은 양념을 한
  양념장으로 쌈을 싸서 먹는 말쌈은 당시 여인들이 즐겨 찾던 별미였다.
  더욱이 엄마와 이웃 분들이 말쌈을 먹을 때 이 사이에 끼인 말찌끼의
  까뭇까뭇한 것들을 보고는 서로 삿대질을 해가며 웃음보를 터뜨리던 기억이
  어제 같다.
* 무울 때는 : 먹을 때는
* 누늘 뽈시고 : 눈을 부릅뜨고. 대개 쌈을 싸서 먹을 때는 쌈의 덩이가 크기
  때문에 입의 아구를 크게 벌리고 손윗사람들 앞에서도 체면없이 눈을
  부릅뜨게 된다는 것인데, 예의 말쌈은 상춧쌈보다도 맛이 더 좋으니 으레
  쌈의 덩이가 더 클 것이므로 말쌈을 먹을 때는 상춧쌈을 먹을 때보다 눈을
  더 크게 부릅떠야 하니, 시에미보다 하나 더 윗자리인 시할매 앞에서도 눈을
  부릅뜨게 된다는 것이다.

대구 64

토까이

토까이가 풀로 무울 때는
입수부리가 야물야물거리쌓는 기
입수부리 하나사
억시기 분답지마는
누는 너무 쥐영타 카이끼네

* 토까이 : 토끼
* 풀로 무울 때는 : 풀을 먹을 때는
* 입수부리 : 입술. 그러나 그냥 입술이라고 하기에는 뉘앙스가 좀 다를 때가
  있다.
* 하나사 : 하나만큼은
* 억시기 분답지마는 : 많이 바쁘지마는
* 누는 : 눈은
* 쥐영타 카이끼네 : 조용하다니까

상추쌈

> – 새빅부터 시에미 새짜래기 잔소리가 깐알라 많은 집에
> 똥기저기망쿰이나 여게저게 퍼널려쌓는다.

– 어무이예,
 상추쌈 마씻기 잡숫고
 지발 쫌 마이 자부이세이

– 어무이예,
 상추쌈 마씻기 잡숫고
 지발 쫌 마이 자부이세이

---

* 예로부터 상추를 많이 먹으면 졸음이 온다고 알려졌는데 상추 속에는 졸음을
 촉진하는 락투카리움이라는 성분이 있다고 한다.
* 새짜래기 잔소리 : 새는 혀, 짜래기는 짧은 사람을 지칭하니까 혀가 짧은
 사람의 잔소리이니 이는 곧 쓸데없는 잔소리란 말이 된다.
* 깐알라 : 갓난아기
* 똥기저기 망쿰이나 : 똥기저귀만큼이나
* 어무이예 : 어머니예. 여기서는 며느리가 시어머니를 정겹게 부를 때 쓰는
 말이다.
* 마씻기 : 맛있게
* 지발 쫌 마이 자부이세이 : 제발 좀 많이 조세요(낮잠을) 시에미가 많이 졸면
 그러는 동안은 아무래도 잔소리가 덜 할 것이다. '자불다'는 졸다의 뜻이다.

대구사과

−1950년을 전후한 대구는 전국 최고의 사과 집산지였다. 전국은 물론 동양에서뿐만 아니라 세계적으로 명성을 드날린 사과의 최고 산지였다. 필자가 살았던 칠성동에서 이웃한 칠성시장(北門시장. 동촌시장, 능금시장으로도 불렀다)은 사과의 본거지여서 사과철만 되면 온 대구 천지에 사과가 지천이었다. 특히 태풍이라도 한번 스쳐가서 落果라도 떨어지는 이튿날에는 발에 밟히는 것이 사과였다. 이럴 때는 사과를 삶아 먹기도 하고 구워 먹기도 하는 등 난리를 쳤는데. 동네 아이들은 유와이 맛이 어떠니 아사히 맛이 어떠니 하면서 대개 몇 개 사과의 종류와 맛은 기본 상식으로 꿰고 있었다.

인도라는 사과는
최고의 당도糖度에다
씹히는 맛이 하박하박하고

홍옥紅玉이라는 사과는
때깔이 뿔꼬 달기는 하지마는
그 맛이 너무 쌔가랍고

국광國光은 나무로 치마 참나무겉치
열매가 딴딴하고 여문데
첫눈이 니릴 직전꺼정도 은은하게
붉어 가민서 단맛을 돋꾼다

풋사과가 달기로는
그 중에 유와이가 젤로 낫고

고리땡은 오래 나아 둘수록

116

지푼 단맛이 있고

아사히는 물이 많은데 달지만
지푼 맛이 적고

B품으로 나온 오래된 낙과落果는
그 씹히는 맛이 허벅허벅하다

* 인도 : 최고급 품종의 사과. 껍질과 果肉은 노오란 빛을 띠었다. 주로
  부유층들이나 맛을 볼까 서민들은 근처에 가기조차 힘들었다.
* 맛이 하박하박하다 : 주로 씹히는 질감을 말하는데 사알짝 얼린
  아이스크림처럼 씹는 맛이 다소 살강살강한 것을 말한다.
* 홍옥 : 그 시절 가장 대표적인 사과의 한 종류. 익을수록 진홍색의 색깔이
  붉고 유달리 신맛이 특징이다. 늦가을 과수원엘 갔을때 붉디붉은 사과가
  주렁주렁 매달려 있었다면 십중팔구 홍옥이었을 것이다. 대개 서민층들이
  즐겨 먹었던 사과다.
* 국광 : 과육果肉의 육질이 단단하기로는 사과 중 최고였으며 가장 늦게까지
  신선한 맛을 보존하는 사과. 나중에는 홍옥을 밀어낼 정도로 생산이
  많아져 서민들의 사랑을 받았다.
* 쌔가랍다 : 맛이 시다는 것을 말하는데 신맛의 정도가 아주 강한 경우에
  속한다.
* 유와이 : 사과 중에 출하가 가장 빠른 것으로 풋사과일 때부터 단맛이
  특징이다.
* 나아 둘수록 : 놓아 둘수록. 곧 '보관해 둘수록'의 의미
* 고리땡 : 처음부터 끝까지 단맛이 무던한 사과
* 아사히 : 사과의 한 종류
* 지푼 맛 : 깊은 맛
* 허벅허벅하다 : 씹히는 질감이 거의 없는 물컹물컹한 것

매리이

매리이란 놈,
조오 새까만
두 눈

떴나 깜았나
깜았나 떴나

손바닥으로
체 흔들어
볼라 캤디마는
풀짝 날라갔뿐다

아모래도
누늘 떠기는
떴는갑다

* 매리이 : 매미
* 체 흔들어 : 체를 흔들듯이 흔들어

철개이

여뀌향이 진동하는
봇또랑 우에
철개이 한 마리
오도 가도 안 하고
기양 겅고오 떠 있다

무얼 가만 엿듣고 있나?

아모래도 지 있는 데서
봇또랑물 있는 데까지
기럭지를 재[測] 보는 갑다

* 철개이 : 잠자리
* 겅고오 : 건공에. 곧 텅 비어 있는 허공
* 지 있는 데서 : 자기가 있는 곳에서. 곧 잠자리가 있는 곳에서
* 기럭지 : 길이. 곧 잠자리가 있는 곳과 봇도랑물이 닿는 곳까지의 높이

신라 신문왕神文王과 스마트폰

신라 신문왕神文王은 한때 신라의 서울을 서라벌(경주)에서 달구벌達句伐(大丘)로 옮기려고 한 적이 있었다. 실행에 옮기지는 못하였는데 삼국사기 신라본기新羅本紀 신문왕조神文王條에 이르기를 '九年(中略), 王欲移都達句伐, 未果' 라고 한 것이 그것이다. 만약 그때 대구지방의 지형地形을 실측實測하던 측량사의 왕실 보고서가 늦어지는 바람에 계획이 어긋났다고 유추해 본다면 당시에 즉시 e-mail 전송이 가능한 삼성전자의 겔럭시S나 에플사의 아이폰OS가 통용되었더라면 어떻게 되었을까 새삼 생각해 보는 것이다

* '九年(中略), 王欲移都達句伐, 未果 : 왕이 수도를 경주에서 달구벌(大丘)로 옮겨 볼 욕심이 있었으나 뜻을 이루지 못함을 말함.
* 大邱市史, 경북인쇄소 刊, 제1권 제1편, 선사시대 고려시대편, P.77 인용

홍굴래

희대稀代의
높이뛰기 선수

초록의 스프링을 장전裝塡한
잘 발달한 뒷다리는

철벽지란 이름의 허벅지를 가진,
그때 벌써 옐레나 이신바예바의
롱다리와 많이 닮아 있었다

* 홍굴래 : 방아깨비
* 장전裝塡 : 채워 넣음.
* 옐레나 이신바예바 : 러시아 출신의 여자 장대 높이뛰기의 세계 신기록
  보유자. 최근 대구 세계육상경기대회에도 참여하였다.

율하동栗下洞

오늘은 와촌瓦村 장날
길바닥은 온통 장꾼들로
북적거린다

그런데 참 이상하다
학교 선생님 호루라기
소리가 없어도
"앞으롯 나란히" 해서
장꾼들이 한 줄로만
똑바로 서서 가게 하는
시골장날 논두렁길은

* 율하동 : 대구광역시 동구 율하동. 그 옛날 한적했던 시골 한촌閑村이 최근
  세계육상선수권대회 선수촌이 들어설 정도로 도심지가 되었으니
  상전벽해桑田碧海가 되었다는 감회가 없지 않다
* 와촌 : 경북 경산시 와촌면, 율하동 인근에 있다

물티이

가리늦게 머시마만 너이로
둔 어떤 오마이가 사할뒤리
씨부렁거리쌓는 기라꼬는

– 큰늠은 물티이 겉고
– 둘째늠은 쫌쌔이고
– 시째늠은 배막띠이고
– 그라마 끄티이는 쫌 크기 될랑강?

이었다

* 물티이 : 한때 노태우 전 대통령을 물태우, 물태우라고 하면서 비아냥거린
  적이 있는데 이처럼 사람이 맵짜지 못하고 물렁한 사람을 말한다.
* 가리늦게 : 늦은 것이 아주 늦게 시작되었다는 뜻
* 머시마만 너이로 둔 : 사내아이만 넷을 둔
* 오마이 : 엄마
* 사할뒤리 : 사흘에 한 번씩. 그러니까 자주, 많이의 뜻이 있음.
* 씨부렁거리쌓는 기라꼬는 : 중얼거리쌓는 것이라고는
* 쫌쌔이 : 원래는 쫌생이라고 하는데 속이 비좁고 융통성이 없는 사람을
  말하는데 주로 돈을 쓸 때 인색한 사람을 말한다.
* 배막띠이 : 배막둥이, 혹은 배막동이의 말인 듯. 주로 사리판단에 있어 앞
  뒤가 막히고 전연 융통성이 없는 아이나 어른을 말한다.
* 끄티이 : 여기서는 넷째놈을 말한다.
* 쫌 크기 될랑강 : 조금 큰 사람이 되려나

덕수의원德壽醫院 삐딱이 원장

시골 촌늠인데 굉장한 수재였다 경대慶大 의대醫大 다닐
적에 우리 집에 하숙을 했는데 아래턱이 아주 심하게 함몰
되는 바람에 얼굴 한 쪽이 삐딱해져서 동네서 삐딱이총각,
삐딱이총각이라고 부르곤 했다 감정이 아주 드라이한 사
람이었는데 잘 웃지도 않았다 어쩌다가 꼭 웃어야 할 일이
있을 때라야 겨우 웃음을 흘릴 정도라고나 할까, 시래깃국
을 엄청 좋아했는데 후루룩 후루룩 하면서 시래깃국을 먹
을 때는 뽈때기와 아래턱의 움직임이 기묘했다 의과대학
을 마치고 동네에다 덕수의원이라는 의원을 열었는데 참
환자가 많았다 키가 크고 인물이 훤출한 참한 색씨를 얻어
장가를 들었는데 잘 살다가 얼마 안 있어 그만 죽어 버
렸다는 것이다 엄마가 끌끌 혀를 찾다

— 아이고 삐딱이총각, 불쌍해서 우짜꼬, 고상 고상해서
참한 색씨 얻어서 인자 살만 하디마는, 지발 저승에 가서
라도 낯짹이 쫙 피이질랑강

* 뽈때기 : 뽈따구니. 뺨
* 고상 : 고생
* 인자 살만 하디마는 : 이제서야 살만 하더니만
* 지발 저승에 가서라도 낯짹이 쫙 피이질랑강 : 제발 저승에 가서라도
  (삐딱했던) 얼굴이 쫙 펴지려나

내미치매

너댓 살 먹었을 때쯤이었을까
무더운 한여름밤
초저녁 선잠에서 막 깨었는데
엄마랑 엄마 친구 아낙네들이
우물가에서 목욕을 하고 있었다
사방이 온통 캄캄했지만
여인네들의 알몸이 어둠 속에서
언뜻언뜻 비쳐 보이는 듯했다
목욕이 끝나면,
– 용수네, 내 내미치매 입었구마
– 아이고 누구는 아이까 바, 마카 다
내미치매 바람이제
하면서 수선들을 떨곤 했다

* 내미치매 : 온통 알몸 위에 팬티는커녕 속옷을 전연 입지 않고 맨치마만
  걸쳤을 때의 치마를 말하는 대구 사투리. 대개 목욕을 끝냈을 때 속옷이
  저만치 떨어져 있거나 우선 급할 때에 치마만 둘쳐입는 경우의 치마를
  말한다. 치마를 대구지방에서는 치매라고 한다.
* 아이까바 : 아닐까봐
* 마카 다 : 모두 다
* 내미치매 바람이제 : 내미치매 차림이지

시래깃국

참 오지락시립기도 시래깃국을 마이 묵었다 그런데도 한 분도 물리지를 않았다 한평생 묵는 밥이 한 분도 물리지를 않듯이, 우리집이 절량絶糧이었을 때 시래깃국은 우리집의 소중한 식량이었다

쌀이나 보리쌀 마련키가 쉽지 않았던 시절, 우리나라 최대의 야채 집산지민서 바로 우리 이부제였던 칠성시장은 여름, 겨울철 할 것 없이 항상 싱싱한 푸른 배추잎사구와 무시시래기를 끝없이 공짜로 제공하는 무진장의 공급처였다

엄마가 잘 아는 건어물가게에서 시시로 한 자루씩이나 얻어 오곤 하는 미리치 대가리를 어지간한 삼비보재기에 담뿍 싸서 꽁꽁 묶어 솥에다가 지엽도록 우라낸 국물에다가 무시시래기랑 배추시래기를 우기 넣어마 매끼 훌륭한 시래깃국이 되는 것이다

식구들이 쭈욱 둘러앉아서 아침저녁 끼니로 이아 묵는 뜨겁은 한 그릇의 시래깃국은 언제나 그 근기根氣를 온전히 보존하였던 것이다

요새 와서 그 사실이 밝혀졌지만 배추잎사구와 무시시래기의 엽록소葉綠素는 비타민의 보고이며 미리치 대가리의 칼슘 함량은 동급 식품 중에 최고라고 한다

칠성동 시절의 우리 4남매가 여죽지 골골거리지 않고 건
강한 것도 우리 엄마 시래깃국 힘이 크다
아, 시래깃국 만세!

* 오지락시럽기도 : 아주 야무지고도 끈질김
* 한 분도 : 한 번도
* 집산지민서 : 집산지면서
* 미리치 : 멸치
* 삼비보재기 : 삼베보자기
* 지엽도록 : 지루할 만큼
* 우라낸 : 우려낸
* 우기 넣어마 : 우겨 넣으면
* 끼니로 이아 묵는 : 끼니로 쳐서 먹는
* 여죽지 : 아직까지

5부

詩篇 4

양키시장

함흥댁이는 쫄쫄이 군복장사로 나가고
평양댁이는 미군 PX서 나온 담요장사로 나가고
사리원댁이는 양담배장사로 나가고
흥남댁이는 암달러장사로 나가고
길주댁이는 야매 돼지고기장사로 나가고
삭주댁이는 수구래장사로 나가고
흥남댁이 따라 장사 배우러 나간
신태 엄마는 여죽지 안 보인다

* 양키시장 : 서울 평화시장, 부산 국제시장, 대구의 양키시장은 6 · 25 전란이
  낳은 국내 三大 戰亂市場이라 할 수 있다. 주로 미군부대를 통해 공식,
  비공식적으로 흘러나온 군수품, 군부대의 PX물품, 밀수품, 암달러 등을
  취급했으며 월남 피난민이 주축이 된 이북 사람들이 거의 모든 상권을 쥐고
  있었다. 태생적으로 생활력이 뛰어난데다 절체절명의 상황에서 어쩔 수
  없이 엄청난 理財의 수완을 발휘한 이북 사람들은 토착민인 경상도
  사람들에게 큰 충격을 주었는데, 원래 儒家的 班常의 가치관에만 매몰되어
  있던 이들에게 돈을 번다는 것이 무엇인가를 새삼 일깨워 준 계기가 되었다.
  校洞市場이라고도 한다.
* 야매 : 공식 루트를 거치지 않은 뒷거래. 원래 일본말이다.
* 수구래 : 소의 안가죽을 벗겨내어 고은 것으로 묵처럼 생겼다. 먹거리가
  귀했던 시절, 수구래는 귀한 먹거리 중의 하나였다.
* 토박이인 신태 엄마는 아직 장사 배우기가 서툴다.

다황

– 다황 가주온너라, 큰바아
– 다황 가주온너라, 정지에
– 다황 가주온너라, 정나아

작고 가냘픈 성냥개비
끄트머리에 앙증맞은
붉은 대가리의
꼬마 혁명가革命家

* 다황 : 성냥. 50년대에는 성냥을 다황으로 불렀다. 성냥의 도래에 대해서는
  여러 가지 설이 있으나 성냥개비의 앞대가리에 黃을 발라 불을 일으켰으므로
  중국[唐]에서 건너온 黃이라 하여 〈唐黃〉이었는데 이것이 다황으로 부르게
  된 유래라고 한다. 우리들이 어릴 적에는 어른들의 담배, 술, 성냥 심부름에
  모두들 이력이 났었다.
* 큰바아 : 큰방에
* 정지에 : 부엌에
* 정나아 : 변소에

안부 묻습니다

와룡산臥龍山, 용두방천龍頭防川
화원유원지 등은
옛날 그대로이겠지요?

앞산 안지랭이의
참꽃은 그 붉기가
여전합니까?

어릴 적, 대구역에서 동촌 아양교峨洋橋
까지는 대략 10리 길로 알고 있었습니다만
지금도 변함없습니까?

3공단工團 금호강 뚝방에서
노곡魯谷, 조야동助也洞으로 넘어가는
징검다리가 몇 군데 있었는데
그 큰 돌멩이들은 모두
어디다 치워 버렸습니까?

그때 무지개는 주로 파계사 쪽의
서촌西村 하늘 어름이나

경산慶山 자인慈仁 하늘에 뜨곤 했었는데
요새도 마찬가지입니까?

도원동桃園洞 유곽촌 엇질러서 맞은켠, 경부선 철뚝으로
빠지는 골목 안에 이용理容학교에서 직영하는 후생이발관이
하나 있었는데 그 이발소 아저씨가 어디가 계시는지 혹
아시는지요?(거기서 공짜 머리 깎느라 생머리가 뽑히는
아픔을 눈물 찔끔찔끔하면서 참곤 했었지요)

날뫼 미나리꽝은 정확하게
지금 주소로
비산동飛山洞 몇 번지께가 됩니까?
이것은 정말 꼭 알고 싶습니다만
신천교新川橋에서 동대구역 방향으로 철길을
500미터쯤 가다가 왼켠으로
쌍둥이못이 있었는데
몇 년도에 메워 버렸는지요?

역후驛後 파출소는 그 자리에
그대로 있습니까?

산격동山格洞 잡쌀고개의 그 붉은
찰흙들은 왜 밋밋하게 깎아 버리고
아스팔트로 채웠습니까?

신천동新川洞 푸른다리는 아직도 푸릅니까?

달성공원을 껴안고 있는
비산동飛山洞 하늘의
저녁노을은 그때나 지금이나
문자 그대로 자하紫霞
그대로입디다

서울의 어느 한량閑良한테서
들은 우스갯소리입니다만
한 번은 대구 자갈마당에 놀러가서
자갈은 하나도 못 보았다는
얘길 들었습니다

아직도 칠성시장七星市場에는
사과가 지천으로 많습니까?

* 아양교 : 대구 東村에 있는 금호강을 가로지르는 다리. 영천 경주 포항으로
  나가는 관문이다.
* 노곡동 : 대구시 북구 노곡동
* 조야동 : 대구시 북구 조야동
* 비산동 : 대구시 서구 비산동
* 경산, 자인 : 대구 인근의 慶山郡 慈仁面
* 칠성시장 : 한때는 전국 최대의 사과 집산지였다.
* 자갈마당 : 대구의 유명한 홍등가

기미幾微
— 嘉昌 冷泉에서

마침 뻐꾸기가 하도
유난시럽기 울어쌓길래
힐깃 한 번 그쪽을
돌아다바실 뿐인데
맙시사! 참꽃이 왼통
온 산을 붉은 끼로 흥거이
퍼질러 놓았더마는

* 幾微 : 낌새
* 嘉昌 冷泉 : 대구시 달성구 가창면 냉천리
* 참꽃 : 진달래

이말무지로

– 새빅에 이말무지로
　새미가새 한 분 가 보소
　감이 얼매나 널찌실랑강

– 새빅에 이말무지로
　장터꺼래 한 분 가 보소
　돈이 얼매나 널찌실랑강

– 이말무지로 한 분 기다리 보소
　지집질하는 사나도
　지엽으마 오겠지

* 이말무지로 : 되든 안 되든 간에, 혹은 밑져야 본전이라는 뜻의 대구 방언
* 새빅에 : 새벽에
* 새미가새 : 샘가에
* 널찌실랑강 : 떨어져 있을런지
* 장터꺼래 : 장터거리에
* 지집질 : 계집질
* 사나도 : 사나이도. 곧 남편을 말함.
* 지엽으마 : 지루하면

칠성동七星洞의 섣달 초사흘

살찌매를 삐무리내는 겉치
아구락시럽기도 날이 칩은데
희뿜한 하늘에는
기기 삐간지 겉은
뺏쪽하기 에빈 초생달이
새초무리하다

* 칠성동 : 대구시 북구 칠성동 2가 1구 409번지는 필자가 삼덕동 방천시장
  인근에서 태어나 두어 살쯤 되던 해에 이사와서 30여 년 살았던 곳이다.
  방은 냉골이고 양식은 떨어지고 일 나가신 엄마는 오지 않고 매양 칠성동의
  동지섣달은 엄청 추웠다.
* 살찌매를 : 살점을
* 삐무리내다 : 가위로 오려내다. 칼로 도려내다의 뜻
* 아구락시럽다 : 맛이나 어떤 기운이 극단적으로 센 경우를 말함.
* 기기 삐간지 겉은 : 생선뼈 같은
* 뺏쪽하기 : 뾰죽함보다 더 날카롭게
* 에빈 : 살이 빠진, 여윈
* 새초무리하다 : 대개 계집아이의 경우 추울 때나 성이 났을 때 입술이 파랗게
  질리는 경우가 있는데 그런 파란색의 기운을 말한다.
  예) 계집애가 성이 났는지 뾰루퉁해서 입술이 새초무리해졌다.

눈 덮인 대구

- 필자가 12살 먹던 해인 1953년 1월 18일 대구에는 엄청난 폭설이 내렸다. 무려 510㎜의 눈이 쏟아졌는데 지금까지 대구측후소 기상관측 이래 전무후무한 최고의 신기록이라고 한다. 눈이 아주 귀한 대구로서는 기상이변이라고 할 만큼 특이한 현상이었는데, 그때 필자의 기억으로는 대구가 온통 눈 속에 파묻혀 雪國이 되어 버린 것이 아닌가 하고 몽롱한 異國情緖에 빠져 있었던 기억이 새롭다.

대구가 온통 눈 속에 파묻혔다

대구로서는 보기 드문 엄청난 폭설이다

자고 나니 대구大邱가

대구大丘가 되어 버렸다

빌딩 같은 건물들은 신기루마냥

하늘 높이 솟아 올라가 사라져 버렸고

동성로東城路며 반월당半月堂이며 시내 중앙통으로

나가는 길들은 흔적도 없어지고

칠곡, 안동이니 성주, 고령 같은 외곽으로

빠지는 길은 물론 경산, 청도 방향으로 나가는

길마저 속절없이 자취를 감춰 버려 잠시

혼돈인가 했더니 저 멀리 아득히 변두리쪽으로

八居里縣팔거리현, 骨火小國골화소국, 高丘縣고구현,

烏也山縣오야산현, 比火縣비화현 같은

곳으로 통하는 길이 빼꼼히 드러나

보였던 것이다

며칠쯤 지나면 대구大丘는 다시
대구大邱로 되돌아올 것이다

* 大丘 : 대구大邱의 옛날 이름
* 八居里縣 : 신라시대의 행정구역으로 지금의 대구광역시 북구 지역
* 骨火小國 : 신라시대의 행정구역으로 지금의 경북 영천시 완산동 지역
* 高丘縣 : 신라시대의 행정구역으로 지금의 경북 의성군 단촌 지역
* 烏也山縣 : 신라시대의 행정구역으로 지금의 경북 청도군 청도읍 지역
* 比火縣 : 신라시대의 행정구역으로 지금의 경북 경주시 안강읍 지역

아, 용두방천龍頭防川!

아, 용두방천아!
너를 본 지가 아득하구나
너의 시작은 어디서부터이며
너의 끝 간 곳이 어디냐
주야장천 흐르는 물소리는
노래가 되어
어디로 흩어졌느냐
행여 앞산 고산골 하늘에
드리운 구름 한 자락이
산격山格 어느 둔덕에 핀
한 떨기 민들레가
네 노래의 곡조이냐
눈에 아슴아슴한것이
하늘처럼 아득하구나

* 용두방천 : 대구 신천新川의 상류쪽을 말하는데 대개 서쪽은 봉덕동, 동쪽은
  수성구 상동上洞 사이의 하천을 말한다. 필자가 초등학교 1학년 쯤일때
  동사무소에서 부역賦役으로 배정된 군인빨래(주로 軍戰傷者들의 피 묻은 빨래를
  말함)를 하러 가는 엄마와 동네 아줌마들을 따라 용두방천엘 놀러간 적이
  있는데, 양쪽 하안河岸 둔덕에 피어 있던 화사한 들꽃들이며 끝없는
  모래사장, 조선의 돌멩이란 돌멩이는 다 모아 놓은 듯하던 그 많던
  돌멩이들로 하여 목가적인 풍경들이 새삼 생각키운다.
* 산격 : 대구시 북구 산격동. 용두방천에서 흘러온 신천新川이 금호강에
  합류할 즈음에 산격동이 있다.

문풍지 소리

이웃 동네 큰마당에서
탈곡기 돌아가는 소리

지금 막 건너 마을
산등성이 넘어가는
우렛소리

암내 풍기는 고양이
장판 긁는 소리

저 멀리 타클라마칸 누란樓欄 왕국의 어느 자사刺使가
죽었는지 장대한 상여 행렬에 나부끼는 만장輓章의
오만가지 색깔이 소리로 바뀌어 나오는 천 갈래의
젓대소리 피리소리

* 칠성동 낡은 우리 집의 문풍지 소리는 정말 요란했다. 장에 간 엄마는 아직
  안 오시는데 세찬 바람이 헐거운 문짝을 날려 버릴 듯 바야흐로 문풍지가
  소리를 내기 시작하는데 이 소리를 꼴의 형태로 나타낸다면 그야말로
  천태만상일 것이다.
* 누란樓欄 왕국 : 중국 漢代의 서역 여러 국가 중의 하나로 천산남로天山南路의
  남쪽 타림강의 끝, 로브노르湖의 북쪽 지역에 실존했던 전설적인 왕국
* 자사刺使 : 옛날 중국 각 지역의 수령을 칭하는 벼슬 이름

묵

옛날 이부제 큰일에 푸마씨 음석으로는
주로 단술, 잡채, 묵 같은 거로 했는데
그 중에 묵을 기중 마이 했다

묵이 마시실라카마
첫째로 묵은 차바야 한다
묵이 떠뜨무리하기나 미적지건하마
그 묵은 못 쓴다

두째로 묵은 탱글탱글 야물어야 한다
(묵을 썰라꼬 칼을 묵에다 갔다댔일 때
묵이 너무 야물어 가주고 칼이 한 발이나
우로 팅기오리마 그 묵이 채곤기다)

끝으로 묵맛은 양념장이
받쳐 줘야 하는 것이다
저렁에다가 다진 마늘,
맵싹한 고치가리를 풀고
창지름이 두어 빠알
자청파를 쫑쫑 썰어 넣어마 그마이다

이 오동지섣달에 이가 시리도록
찬 묵사발을 퍼먹는데
어쩌다가 양념장에서 자청파의 하얀
뿌리이 쪽, 한 쪽이 어금니에 씹힐라치면
알싸한 파향이 입안 가득 번지민서
연두빛의 봄날을 서너 달은 앞댕기는 것이다

* 이부제 : 이웃에
* 큰일 : 잔치나 초상 같은 일
* 푸마씨 : 품앗이
* 음석 : 음식
* 마이 : 많이
* 마시실라카마 : 맛이 있으려면
* 차바야 : 차거워야
* 떠뜨무리하기나 : 미적지근한 것을 말함.
* 못씬다 : 못쓴다
* 야물어야 : 탱탱하게 굳어 있어야의 뜻
* 댔일 때 : 댔을 때
* 한 발 : 길이의 단위
* 우로 : 위로
* 팅기 오리마 : 퉁겨 오르면
* 채곤기다 : 최고인 것이다
* 저렁 : 간장
* 맵싹한 : 맵싸한, 매운
* 고치가리 : 고춧가루
* 창지름 : 참기름
* 빠알 : 방울
* 자청파 : 쪽파, 혹은 실파의 한 종류

144

하빈河賓

사시장철 긋지 않는 강물이
머리맡인데

어찌 이리 쓸쓸할까

바람이건 강물이건 때로 머문다지만
어쨌건 지나가는 과객過客 아닌가

* 하빈 : 경상북도 달성군 하빈면. 낙동강이 지척에 있다.
* 긋지 않는 : 머물지 않는(고시조에서)

위천渭川 멍덩미다리

위천 사람들
생금생금이
두리넙쩍하다고
멍덩미

위천 사람들
맴이
두리뭉실하다고
멍덩미

위천 사람들
우풍순조雨風順調해서
맨날 풍년만 든다고
멍덩미

* 위천 멍덩미다리 : 경북 달성군 논공읍 위천리에 있던 아주 큰 돌덩이로 만든
  징검다리. 부근에 멍덩산이 있어 멍덩미다리라는 이름이 붙여졌다고 한다.
  그렇다면 멍덩미라는 말은 도대체 어떤 의미를 가지고 있을까. 결코 간단히
  설명할 수는 없을 것이다. 가령 아주 예로부터 전해 오는 우리네의 민요나
  歌辭 같은 데서 흔히 볼 수 있는 〈닐리리야〉라든가 〈아라리요〉 같은 말들의
  어원은 어떻게 쉽게 규명할 수가 있단 말인가. 累千年의 역사를 가진 한
  나라 안에서 각기 고장마다 간직하고 있는 고유의 말들은 그 고장만이
  가지고 있는 기후, 역사, 지리, 풍토, 습속 등이 한데 어우러져 누대에 걸쳐
  녹아든 결과물이라고 할 수 있을 것이다. 擬聲이나 擬態의 의미가 합쳐진 것
  같은 '멍덩미'라는 말에 필자 나름대로의 상상으로 시라는 작품을 통하여
  구현해 본 것이다.
* 생금생금이 : 생김생김이
* 두리넙쩍 : 둥글넙쩍
* 맴이 : 마음이
* 두리뭉실 : 두루뭉술

대구역

역은 시간이다
역은 수많은 오가는 시간들을
응축하고 있다
그래서 역은 시간을 풀어 놓기도
하고 되감기도 한다
징용徵用 갔던 남편이 수십 년 만에
상봉한 아내를 부둥켜안고 한없이
시간을 풀어내는가 하면
서울로 유학 가는 막내는 엄마의
아쉬움을 뒤로 하고
시간을 되감아가 버린다
철길가에 피어 있는
민들레 한 송이
이들과는 상관없다는 듯
그냥 노랑색이다
시절따라 많은 눈비가 오가지만
르네상스풍의 첨탑尖塔을 한
대구역사驛舍가 마냥 오종종 거기에
그대로 서 있다

나후따링

"이거 묵어마 킬난데이
좀실까 바 옷에 넣는 좀약인데
무마 죽는다카이"
엄마가 아이들이 사탕으로 잘못 알고
먹을가 봐 닦달을 하시면서 반짝반짝
광채가 나면서 하얀 박하사탕 같은 것을
코앞으로 디밀었는데 이 희한한
이방異邦의 냄새, 순간 그때 나는 이미
저 아득한 타클라마칸의
빈 하늘 한 켠으로
달아나고 있었던 것이다

* 나후따링 : 나프탈린
* 묵어마 : 먹으면
* 킬 : 큰일
* 좀실까 바 : 좀쓸까 봐
* 무마 죽는다카이 : 먹으면 죽는다니까
* 타클라마칸 : 중국 신강성 위구르 지역의 사막으로 천산. 곤륜산맥으로 둘러
  쌓임. 인근에 전설의 樓欄王國이 있다.

반티산山

부석 봉창으로
내다봐도
반티산

삽짝 밖에
나가서 봐도
반티산

10년 전에
봤던
반티산

요새 봐도
그냥 그대로
반티산

* 반티산 : 대구 북단 조야동에 있는 조그마한 산, 반티라는 말은 함지박의
  경상도 사투리인데 산의 모양이 함지박처럼 생겼다 하여 반티산이라는
  이름이 생겼다. 미국 작가 나다니엘 호손의 〈큰바위 얼굴〉처럼 마음속에
  두고 반티산을 한 번씩 쳐다보는 것도 어릴 적의 한 즐거움이었다.
* 부석 : 부엌

비산飛山 5구區

비산 5구에 아침이 밝았다
엄마는 직조공장에 족답기足踏機 직수織手로 나가고
누부야는 직조공장에 미마리로 나가고
형은 직조공장에 날나리로 나가고
나는 직조공장에 꾸리실 감으러 나가고
인자는 우리 집에 양석 걱정이 없다
직조공장 간주날이면
보리쌀 두 말
쌀 한 말
구공탄 백 장은 거뜬하다

* 비산 5區 : 大邱市 西區 飛山洞 5區. 5, 60년대 대구지방 산업의 大宗은
  사과와 섬유였다. 요즈음 와서 경제계 최고의 화두는 일자리 확보 문제인데,
  당시에도 일자리 확보가 최고 우선 과제여서 먹고 사는 일이 어디를 가나
  초미의 관심사였다. 특히 대구 서부지역의 비산동은 6 · 25 후 직조공장이
  많이 들어서서 실업자 구제에 한 몫을 톡톡히 한 셈이다.
* 족답기 : 베틀인데 발로 밟는 것으로 動力源을 일으킨다.
* 미마리 : 베 짜는 일에서 날실[經絲]의 끝과 끝을 이어주는 일. 이심이라고도
  한다.
* 날나리 : 날실을 도투마리에 정경整經하여 감아 주는 일
* 꾸리실 : 북실로 쓸 것을 실꾸리에 감아 주는 일
* 양석 : 양식
* 간주날 : 급여일

대구 92

입춘立春날
— 먼산 보다

오마이를 먼저 앞세운
올개 국민학교에 갓 입학한
막내손주 보겟도 우에
노랑 콧수건을 메달아 주면서
할매가 다짐을 한다

ㅡ기철아, 차에 받칠라
먼산 보지 말고
패내기 댕기온너래이
내 엿 녹카 노오꾸마,

한잠 늘어지게 자고 난
앞마다아 강새이가
하품을 크게 하고는
머리뚱하이
먼산을 본다

* 〈먼산 본다〉는 원래 '먼 山을 본다'의 뜻인데 경상도에서는 〈한눈을 팔다〉
또는 〈엉뚱한 곳을 본다〉의 의미로 쓰인다. 옛날 선비들은 글공부를 하다가
눈의 피로도 풀 겸해서 사색에 잠기곤 할 때는 한 번씩 머-언 산을 바라다
보았을 터이고, 고향을 떠나 멀리 타향으로 시집 간 안방의 규수들은 때로
사무쳐 오르는 친정 생각에 먼산을 또 한 번씩 쳐다보았을 것인데,
언제부터인가 모두의 생활이 한참씩 분주해지면서 먼산을 물끄러미 바라다
볼 낭만적인 여유가 없어지면서 한편으로〈엉뚱한 곳을 보다〉의 의미로 바뀐
것이다.
* 오마이를 먼저 앞세운 : 엄마가 먼저 세상을 떠난
* 올개 : 올해
* 보겟도우 에 : 포켓 위에
* 패내기 : 곧장
* 댕기온너래이 : 다녀오려무나
* 내 엿 녹카 노오꾸마 : 내가 엿을 녹혀 놓을 테니까
* 앞마다아 : 앞마당에
* 강새이 : 강아지
* 머리뚱하이 : 물끄러미

대구 93

대구의 봄은

대구의 봄은
칠성시장에 제일
먼저 찾아온다

칠성시장의 봄은
칠성시장 채소전에서
시작는다

배껕 날씨는
아즉 칩은데

발씨로 불노不老, 서촌西村
쪽서 쑥갓, 아욱이
들왔단다

중리中里 날뫼 쪽서
햇미나리, 정구지가
들오고

하빈河濱 동곡東谷서는

시금치, 건대가
들오고

경산慶山 압량押梁서는
낭개 가지가 들오고

청도淸道 풍각豊角 각북角北
서는 풋고치, 오이가
들왔다

대구에 봄이 들어오는
초입인 파동巴洞의 용두방천龍頭防川,
앞산 안지래이 쪽은 봄이 안주
뻐뜩도 않하는데

칠성시장에는 발씨로
봄이 난만爛漫하다

* 七星市場 : 대구 칠성시장은 5, 60년대 전국 최대의 사과와 야채의
  집산지였다. 동촌시장, 북문시장, 능금시장으로도 불려졌는데 당시에는
  아직 비닐 溫床이 보편화되기 전이어서 채소를 기르는 도시 인근
  농촌에서는 집집마다 담요 따위를 두른 유리板 온상溫床에다 연탄을 때곤
  하여 봄채소의 早期出荷로 주변 사람들을 깜짝 놀라게 했다.
* 大邱市 東區 不老洞
* 大邱市 西區 中里洞
* 정구지 : 부추
* 達成郡 河賓面 東谷里
* 慶山郡 押梁面
* 淸道군 豊角面, 角北面
* 大邱市 壽城區 巴洞
* 건대 : 국거리 채소의 하나
* 낭개 : 애호박
* 안주 : 아직
* 뻐뜩도 않하는데 : 움쩍도 않는데

156

종달새

　― 어이 종달새야, 자지 빈다
　어서 내리온나

　― 어이 종달새야, 자지 빈다
　어서 내리온나

---

* 봄철, 종달새가 높이 날아오르는 정경을 바라다보면서 아이들이 즐겨 부르던 俗謠다. 내가 처음으로 종달새의 비상을 목격한 것은 칠성동의 들판에서였는데 나중에 제일모직이 들어선 보리밭둑이었다. 늦은 봄날 아침, 햇살도 자욱한 푸른 들판 위로 악다구니하듯 울음을 토해내며 수직으로 솟아오르는 한 마리 종달이의 비상은 경이로웠다. 이런 수직 상승의 시샘 때문일까. 아이들은 저마다 저들의 꽁무니를 올려다보며 욕설 섞인 고함을 마구 내지르곤 했다.
* 빈다 : 보인다.
* 내리온나 : 내려오너라

157

죽

참, 언선시럽두룩 죽을 마이 묵었다

보릿고개 급한 구황救荒에는 보리죽
비 오는 날에는 대개 콩죽
집에 ‡불 들오는 날 저녁에는 으레 갱죽
식은밥에다 먹다 남은 짐치랑 온갖 잡동사이
집어넣어서 끓인 갱식이죽
엄마 아풀 때는 그나마 흰죽
알라들 엄마젖 모지랠 때는 암죽
강낭콩이나 팥네끼가 백찜에
까망콩이나 건포도 겉은 호박범벅죽
지체 있는 집안의 영감님이나 마님들, 속이
허할 때는 잣죽 아이마 전복죽, 홍합죽, 깨죽
동짓날에는 당연히 팥죽
중간중간에 녹띠죽
이것도 저것도 아닌 풀때죽

* 옛날 어려운 시절에는 참, 죽을 많이도 먹었다. 지금이야 죽은 온전한 웰빙 식품이 되었지만 그 시절에는 죽이 主食 아니었던가.
* 언선시럽두룩 : 지겹도록
* 보리죽 : 여기서 보리죽은 보릿고개 때 추수를 가다릴 새도 없이 급한 김에 아직 덜 여문 풋보리를 베어 끓이는 죽을 말한다.
* 집에 반불 들오는 : 옛날 전력공급이 시원찮은 시절에는 보통 불밝기의 절반 정도인 半불이 희미한 채로 백열등을 밝히곤 했었다.
* 갱죽 : 시래기나 콩나물 등 주로 야채를 넣어 끓인 죽. 옛날의 죽은 거의 대부분이 끼니의 대용식이었는데 갱죽은 우리네 시골 서민들의 가장 대표적인 죽이라고 할 수 있다.
* 갱식이죽 : 대개 식은밥에다 먹다 남은 김치랑 온갖 것을 집어넣고 끓인 죽. 객식이라고도 한다.
* 알라들 : 아기들
* 팥네끼 : 팥알
* 백찜 : 백설기
* 아이마 : 아니면
* 녹띠죽 : 녹두죽
* 풀때죽 : 주로 물김치를 담글 때 국물의 정도를 맞추기 위하여 밀가루나 쌀가루로 멀겋게 죽을 쑤어 풀물로 쓰곤 했다.

대구 96

성서城西 조약국趙藥局

식구들 중에 갑자기 아픈 사람이 생겼을 때
성서 조약국에 간다고 하면
우선 마음이 놓인다

아픈 사람은 많고
약방과 의원은 귀했던 시절

세상을 사람 사는 세상답게 한 것이
도처에 이런 식의 〈엄마손이 약손〉이
많았기 때문일까

* 플라시보 효과라는 게 있다. 일종의 심리요법인데 환자에게 병이 낫는다는
  확신을 심어주는 것이 아주 중요하다. 자유당 시절 성서 조약국이 그랬다.
  물론 약을 잘 지은 탓도 있지만 어떤 연유에서인지 대구지역에서 이 약국이
  한번 용하다고 소문이 나는 바람에 대구 인근은 물론 저 멀리 경남의 의령,
  합천, 경상도 북단의 안동, 울진의 사람들까지 몰려와서 온통 북새통을
  이루었다.
* 성서 조약국 : 達成郡 城西面에 소재한 유명 한의원. 실명은 흥생한의원으로
  3대째 한의를 이어 오고 있다.

와촌瓦村

기와 굽는
기왓골이 있었단가
기와집이 많았단가

날이 가물어
참새 떼가 마당에
고인 물을 마시려고
마카 옹크렸는데
흡씨 팥죽에 옹심이
것치 쬐끄마한 새대가리들이
똥그락키 따배이를 틀었는데

고록쿰 올망졸망한
와촌瓦村의 기와집들이
봄볕에 졸고 있네

* 와촌瓦村 : 慶北 慶山市 瓦村面. 대구 인근에 있다.
* 흡씨 : 흡사
* 똥그락키 : 동그랗게
* 따배이 : 여인들이 물동이 같은 무거운 것을 머리에 일 때 머리가 아프지
  않게 짚 같은 것을 동그랗게 엮어 물동이와 머리 사이에 고이는 것을 말한다.

자유극장 自由劇場

어저께 오후 백주 대낮에, 대구시 교동校洞 양키시장 인근에서 엄청난 총격사건이 일어났다. 일단의 무법자들이 난입해서는 마구 총을 난사하는가 하면 살인, 재물 약탈, 부녀자 겁탈까지 실로 엄청난 만행을 저질렀는데 기이하게도 이런 끔찍한 사건에도 당국에 신고하는 이, 한 사람 없었고 관할 파출소나 경찰서 어느곳도 팔짱만 낀 채 수수방관, 아예 무시해 버렸다고 한다.

나중에 백일하에 범인들의 신분이 밝혀졌는데 그들의 면면이란 것이 이러했다. 클린트 이스트우드, 마리안 코흐, 지안마리아 볼론테, 울프강 럭치

---

* 자유극장 : 대구 양키시장 인근에 위치한 5, 60년대 대구의 유수한 외국영화 개봉관

내당주차장內唐駐車場

붐비던
시외버스 터미널이
명절 끝이라 그런지
소읍小邑인 양 한적하다

─ 화원花園, 옥포玉浦, 고령高靈,
합천陜川으로 가시는 손님은
일로 오이소

─ 창녕昌寧, 신반新反, 남원南原,
마산馬山으로 가시는 손님은
절로 가이소

화원, 현풍, 신반, 남원……
저 많은 고향을
머리에 인 채
변두리에 쓸쓸히 서 있는
내당주차장

* 내당주차장 : 대구 서남부에 있던 작은 시외버스터미널. 옛날에는 작은
  터미널을 주차장으로 불렀다.
* 일로 : 이쪽으로
* 절로 : 저쪽으로

금호강琴湖江

– 강江, 아주 어릴 적, 이런 상상을 할 때가 자주 있었다. 희뿜한 새벽녘이면 손살같이 동네 실개천으로 달려간다. 그러고는 가만가만 실개천에다 손과 발을 담근다. 손과 발이 물에 담기는 그 순간 나의 소식은 일순 광통신光通信이 되어 온 세상 곳곳 오대양五大洋 육대주六大洲에 전해지는 것이다. 실개천에서 도랑으로, 도랑에서 여울로, 여울에서 개천으로, 개천에서 하천으로, 하천에서 강으로, 모든 강은 대양大洋에 가 닿으니, 한순간에 세상의 모든 친구들과 소통하고 상종相從하는 것이다.

저 만장萬丈것치
질쭉한 푸른 띠
물결은 푸르러 푸르러
잘 필치 논 파아란
모빈단模本緞 같고나

우리네의 산과 들, 언덕바지의
야트막한 둔덕들것치,
여게저게, 어데서 많이 본 듯한
천상 조선朝鮮의 강이다
발원은 포항시 죽장면 상옥리의
가사령, 기북면의 성법령에서
시작는데 처음에는
실개천으로 쨀쨀 흐리다가
또랑물로 졸졸 흐리다가
여울물로 콸콸, 탄灘으로 흐리다가

하천이 되어 유유히 흐리다가
마츰내 강으로 도도히 흐리는구나
가사령과 성법령을 뒤로 하면서
가사천 자호천 하거천을 합류하고는
영천永川에서, 자양천을 합류하고
상신천을 합류하고
임고천을 합류하고
고촌천을 합류하고
고경천 신녕천 대창천을 합류하고는
청통천을 합류하고
경산慶山에서, 오목천을 합류하고
남천을 합류하고
대구大邱에서, 동화천을 합류하고
신천을 합류하고
달서천을 합류하는구나

촌색씨 모양으로
행동거지는 수더분하고
행보行步는 오뉴월 해 넘어가듯
늬엿늬엿 느려터졌고
도무지 소리가 없다

매양 주고받음이 넉넉해서
부리는 손이 크다
새빅이마 시골 머시마아들이
집안 심바람으로 줄줄이 들고
나오는 할배 오좀요강 부시는
것도 선연쿠로 받아 주고
새댁이 이고 나온 알라들 똥기저기도
수얼찮키 받아 주고
촌동네 처녀아아들이 보듬고 나온
부끄러븐 서답빨래도 순순히
받아 주고
시골아낙네, 공장서 일하는 신랑들, 기름
묻은 작업복 기름빨래도 천연시립기 받아
주고
하늘아래 온갖 잡동사이 빨래도
다 받아 준다

너는 한때
눈물이었다가
웃음이었던 적이,
웃음이었다가

눈물이었던 적이
기하幾何이뇨?

처음에 가사령과 성법령을 갓 지내와서는
동네 미역감는 꼬매이들 친구도 되 주다가
마실마중 널찍한 갱빈도 맨들어서 마실네들
쉼터도 맨들어 주다가
영천永川 와서, 자양천 상신천을 합류하고
부터는 제법 강江의 틀이 째이이끼네
점점 할 일이 많에진다
금호琴湖, 황정, 덕성쯤 와서는
모판에 물도 대고
얼갈이 배차밭에 물도 대고
하양河陽, 금락, 은호쯤 와서는
오이, 낭개밭에 물도 대고
대구大邱 반야월, 안심, 용계에 와서는
하루 죙일 이쪽저쪽 능금밭에 물을 대고
신기, 검사, 율하쯤 와서는
앞뒤 옆, 할 거 없이 마카 능금밭에만 물을 대고
그 너린 검다이 보리밭에 와서는 마츰 가물어빠진
보리밭에다가 한정없이 물을 대고

동변, 서변에 와서는 쑥갓 상추밭에 물을 대고
노곡, 조야에 와서는 꼬치 정구지밭에 물을 대고
팔달교 근처서는 깨구리참외밭에다가 물을 대고
세천 파산동에 와서는 도마도 수박밭에 물을 댔네

때로는 가다가 웅디이에 물도 채워 놓고 가고
곳곳에 물띠미를 엮어 기기 집도 만들어 주고
덥은 여름나절에는 개구쟁이 하동河童들과
물장구도 같이 하고
가끔식은 그 너른 가슴팍을 열어 나룻배 거룻배
한테 물길도 내어주고
때로는 낚시꾼들과 이러쿵 저러쿵 같이 놀다가
방죽 우으로 놀러 나온 산책객들과 동무도 하다가
중간중간에 흩쳐 놓은 개활지에다가는 키워 놓은
억새들로 서로 부딛쳐 서걱이게 해 노랫말도
만들어 준다

참말로 참담키는 날이 가물 때 제
한 분은 어는 철인고 모를따마는
오뉴월 한 시절, 비가 한 빠알도 귀경
할 수가 없었는데

가슴팍이 서늘한 기 원통 텅 빈 거 겉은데
등쩍이는 안팎으로 뱃짝 말라붙어 가주고
줄라 카이 줄 끼 있나 받을라 카이 받을 끼 있나
숫제, 안고 있는 알라는 젖 돌라꼬 울어쌓는데
젖토오 젖은 하나도 없고 젖꼭따리가 뱃짝
말라붙어 뿐 거 겉했다 카이끼네
창수漲水가 나마 또 우짜는데,
대구 시내는 물노이고 영천永川, 경산慶山 언저리에
숫채라는 숫채는 말할 꺼도 없고 온갖 하수도
도랑, 봇도랑, 개랑, 개천, 하천마중 물이
쏟아져 들오는데 내사마 장디이가 뿌러지는 거
겉더마는
그렇다고 그런 것들로 밀치낼 수는 없일 끼이끼네
이런 창수가 지내가고 나마 얼매나 쥐영타꼬
달은 동무하자꼬 나오고 억새풀은 울어쌓고

누가 하얀 모래
하상河床에다
기하幾何를 그려 놓았나?

이렇듯 장장長長 삼백여 리를 헤쳐 와

있은 동 없은 동, 주니받니 하민서 오다가
마츰네 기진氣盡해서 명이 다하여
대구 달서구 파호동과 달성군 다사읍
죽곡리에 다다라 한 식구의 만형격인
낙동강에 의탁하니 앞의 강은 다하고
뒤의 강이 새로 일어서는구나

아, 금호강
그 흐름이 둔중하고 묵직해서
지극히 도도하니 유장悠長하구나!

* 금호강琴湖江 : 서울에 한강이 있다면 대구에는 금호강이 있다. 대구의 큰
젖줄이며 수족과 같이 요긴하게 쓰이는 강이다. 낙동강의 큰 지류로 길이는
120여Km, 300여 리, 유역면적이 2100여㎢에 이른다 대구 동남지역은 물론
인근 경북지역에 수리水利, 조운漕運, 관개灌漑, 상하수, 저수貯水 등의
역할이 막중하다. 풍치風致, 관광등의 소임도 무시할 수 없다. 포항시 죽장면
상옥리의 가사령, 기북면의 성법령에서 발원하여 대구시 달서구 파호동과
달성군 다사읍 죽곡리에서 낙동강에 합류한다.
* 만장萬丈 : 아주 높거나 긴

170

* 질쭉한 : 길쭉한
* 잘 필치 논 : 잘 펼쳐 놓은
* 모본단 : 비단의 한 종류. 짜임새가 촘촘하고 무늬가 아름답다. 실제는
  모본단模本緞 이지만 대구에서는 모빈단으로 읽는다.
* 천상 조선의 강이다 : 영낙없는 조선의 강이다.
* 浦項市 竹長面 上玉里의 佳士嶺
* 浦項市 杞北面의 省法嶺
* 加沙川 紫湖川 下巨川
* 永川에서 紫陽川
* 上新川 臨皐川 古村川
* 古鏡川 新寧川 大昌川
* 清通川
* 慶山에서 烏鷲川
* 南川
* 大邱에서 桐華川
* 新川 達西川
* 부리는 손이 크다 : 부려먹는 손이 크다는 뜻이니 곧 매사에 행세하는 폭이
  넓고 넉넉하여 여유가 있음을 말함.
* 새빅이마 : 새벽이면
* 시골 머시마아들이 : 시골 사내애들이
* 선연쿠로 : 흔쾌히
* 서답빨래 : 생리대를 말함.
* 천연시립기 : 자연스럽게
* 너는 한때 눈물이었다가…… : 더불어 사는 사람들과 희로애락喜怒哀樂을
  함께하는 것
* 기하幾何이뇨 : 얼마였던고
* 마실마중 : 마을마다
* 갱빈 : 강변
* 미실네들 : 마실 나온 사람들. 곧 바람 쐬러 나온 사람들
* 제법 江의 틀이 째이이끼네 : 제법 강의 틀이나 모양이 갖추어지니까

* 琴湖邑 鳳亭里, 德成里
* 河陽邑 琴樂里, 隱湖里
* 大邱市 東區 半夜月, 安心面 龍溪洞
* 大邱市 東區 新基洞, 檢沙洞, 栗下洞
* 검다이 : 大邱市 北區 檢丹洞
* 맞춤 : 마침
* 大邱市 北區 東邊洞 西邊洞
* 大邱市 北區 魯谷洞 助也洞
* 꼬치 : 고추
* 八達橋 : 대구 서북 쪽에 위치한 다리. 안동, 영주로 가려면 이 다리를 거쳐야 한다.
* 達城郡 達西區 細川洞 巴山洞
* 웅디이 : 웅덩이
* 참담키는 : 참혹함
* 모를따마는 : 모르겠다마는
* 한 빠알 : 한 방울
* 귀경 : 구경
* 줄라 카이 줄 끼 있나 받을라 카이 받을 끼 있나 : 주려니 줄 것이 있나 받으려니 받을 것이 있나
* 젖토오 : 젖통에
* 창수漲水 : 홍수가 남
* 물노이고 : 물론이고
* 숫채 : 하수도보다는 더 작은 규모의 하수도
* 개랑 : 도랑보다는 조금 더 큰 도랑
* 내사마 장디이가 : 나야말로 허리가
* 없일끼이끼네 : 없을 것이니까
* 쥐영타꼬 : 조용하다고
* 기하幾何를 그려놓았나 : 큰물이 한번 휩쓸고 간 강바닥 하상河床에는 아름다운 새로운 조형造型을 만들어 놓곤 한다.
* 기기집 : 물고기집

* 있은 동 없은 동 : 있은 듯 없은 듯
* 주니받니 하민서 : 주거니받거니 하면서
* 大邱市 達西區 巴湖洞
* 達城郡 多斯邑 竹谷里
* 앞의 강은 다하고 뒤의 강이 새로 일어서는구나 : 강이 그의 소임을 다하고
  더 큰 강이나 바다에 합하여질 때 그 강은 일단 소멸되었다고 할 수 있으나
  바로 그 순간, 그 강의 발원지에서는 또 다른 새로운 강이 생성生成할 것이니
  강은 끝없이 생성生成과 소멸消滅을 반복하는 하나의 거대한 띠와 같은
  것이다.

해설

언어자원의 무한 활용과 장소의 시학

고 형 진(문학평론가 · 고려대 교수)

1. '고향시'의 새로운 기획

상희구 시인의 '대구' 연작시가 총 100편으로 일단락되었다. 자신의 고향집에 대한 추억으로 시작해서 고향의 젖줄인 금호강에 대한 장대한 묘사로 끝을 맺은 이 연작장시는 우리의 현대시사에서 유례를 찾아볼 수 없는 야심찬 기획이자 도전적인 시형식이라고 할 수 있다. 시인은 고향 · 지리 · 방언 · 연작시라는 기존의 우리시의 미학을 면밀히 관찰하고 분석한 다음, 이 모두를 아우르면서 동시에 이 모두를 일거에 뛰어넘는 새로운 시의 미학을 우직하게 밀고나가 우리의 현대시사에 새로운 이정표를 세워놓았다.

특정 지역을 시의 무대로 삼아 일련의 시들을 연속해 써서 한 권의 시집으로 묶은 대표적인 작품으로 미당의 『질마재 신화』를 들 수 있다. 미당은 자신의 고향마을인 '질마재 마을'에서 보고 들은 여러 생활풍경들을 매력적인 시로 옮겨 놓았다. 시인은 신화 같은 그 예스럽고 신기한 생활풍경들을 능숙한 언어로 재현하여 시적 이미지가 가득한 이야기로 승화시킴으로써 우리의 현대시사에서 지울 수

176

없는 불후의 명작을 남겨놓았다. 이제 우리는 또 하나의 색다른 고향 연작시를 읽으며 우리 현대시의 한없는 풍요와 끊임없는 자기발전을 확인하게 된다.

상희구의 '대구' 연작시는 제목이 명시하는 대로 '대구'라는 한 지역의 생활풍경을 일관되게 그려나간 작품이다. '대구'는 상희구 시인이 태어나 생의 전반부를 살았던, 말하자면 그의 고향이자 생의 중요한 성장지이다. 시인의 고향인 대구의 생활풍경들을 하나하나 써나간 이 연작시의 전체를 지배하는 가장 큰 특징은 '현장성과 구체성'이다. 이 시집은 『질마재 신화』와는 달리 '대구'라는 지역 색을 아주 짙게 드러낸다. '대구'라는 지역 색을 구체적으로 드러내고자 하는 것이 이 시가 의도하는 시적 전략이고 미학이다. 시인은 대구를 중심으로 한 경북방언들을 아주 노골적으로 구사한다. 이 연작시에 구사된 방언들은 다른 방언시에서는 찾아 볼 수 없을 정도로 완강하다. 뿐만 아니라 시인은 대구의 온갖 지명과 인명들을 아주 자세하게 제시한다. 여기에다 이 연작시는 특정의 시간적 배경을 뚜렷이 갖고 있다. 이 연작시는 특정한 시기에 특정한 공간에서 벌어진 사실적인 이야기들을 생생한 지역어로 그리고 있는 것이다. 시간과 공간과 언어가 이처럼 뚜렷하고 사실적인 시를 다른 시에서는 쉽게 찾아보기 어렵다. 짧은 호흡의 간명한 서정시로 장편의 연작시를 써나간 것도 새로운 시 형식의 시도이다. 『질마재 신화』는 매 편이 대체로 산문적이다. 고향 이야기는 보통 산문적으로 흐르기 쉬운데, '대구' 연작시는 짧은 호흡으로 한 편의 시를 완성시키고, 이를 연작으로 엮어서 장편의 고향 이야기를 전하는 방식을 취하고 있다. 고향의 재현이라는 익숙한 주제를 삼고 있음에도 불구하고 여러모로 혁신적인 시의 형식을 지향하는 이 연작 장시를 우리는 각별한 눈으로 살펴보지 않을 수 없다.

2. 현대사 속의 '대구'

'대구' 연작장시는 '서문'부터 남다르다. 작품의 내용과 목적을 적는 서문, 즉 머리말은 간단하게, 시집의 경우는 대게 그에 걸맞게 압축적이고 상징적으로 서술한다. 하지만, '대구' 연작시의 서문은 아주 장황하다. 그리고 그 장황한 서문은 온통 대구에 대한 정보 전달로 채워져 있다. 시인은 대구의 지형, 기후, 학문과 교육, 인물, 세시풍속, 토산물들에 대해 자세히 설명한다. 심지어 높은 관직에 올라간 사람과 열녀들에 대해서도 구체적으로 서술한다. 이쯤 되면 고향자랑도 보통이 아닌 셈이다. 시인은 이 고향예찬을 위해 대구시지를 위시해서『고려사』와『동국여지승람』을 비롯한 여러 전문서적을 샅샅이 찾는 수고도 아끼지 않는다. 이리하여 서문은 대구에 대한 지리, 역사서를 방불케 한다. 대구의 온갖 정보 전달로 가득 찬 이 서문은 이 연작시가 대구의 모든 것을 보여 줄 것임을 강력하게 선언하는 것이다.

그런데 정작 이 '대구' 연작시에서 주목되는 것은 대구라는 지역의 시간성이다. 시인은 대구에 대한 모든 것을 보여주고자 하는데, 그가 전하는 것은 어떤 특정 시기의 대구이다. 그 시기는 바로 시인이 태어나 생의 전반을 살았던 시간이다. 즉, 1942년부터 30년 정도가 경과한 1970년대 초반 사이가 되겠다. 이 시기는 드라마틱한 사건의 연쇄가 벌어진 우리 현대사에서 가장 들끓는 시기였다. 일제말, 해방, 6·25 전쟁, 그리고 전후의 황폐와 근대의 시작이 진행되었던 이 시기 만큼 극적인 시대가 우리 현대사에 또 있을까? 이 격동의 현대사는 일제 식민지와 조국, 지독한 가난과 보릿고개의 탈피, 농촌과 도시를 두루 경험하는 시기였다. 말하자면 옛것이 잔존하면서 새것이 서서히 들어와 그야말로 생활 밑바닥에서부터 '근대'라는 싹이 움트던 시기였다. 시인은 바로 이 기간의 대구를 보여주는데, 그 시기의 대구는 우리의 현대사가 아주 잘 반영된 곳이기도 하다. 대구는 부산과 함께 6·25당시 맨 끝까지 남은 이 땅의 보루였고, 피난민의 유입으로 도시의 모습이 눈에 띄게 변형되기도 하였다. 대구 근처의 다부동 전투는 6·25당시 최대의 격전지로 꼽히던 곳이기도 하다. 그런가 하면, 산업화가 시작되면서 섬유산업의 본향이 되어 인근의 농촌인들이 유입되기 시작해 도시화가 급격히 추진되기 시작한 곳이기도 하다. 대구는 당대 우리 현대사의 압축파일이라고 해도 과언이 아니다. 그리하여 시인이 전하는 대구 이야기는, 지난 시절의 우리 모두가 겪은 애틋한 이야기로 가슴을 적신다. 시인이 대구에 대해 지역 색을 대놓고 자기 이야기를 하면 할수록, 그것은 더 깊은 우리 모두의 이야기로 승화되어 메아리친다. 농도 짙은 지역 이야기가 가장 보편적인 이야기로 전해지는 이 아이러니가 바로 대구 연작시의 묘미라고 할 수 있다.

3. 추억의 재생, 기억의 미학

어느덧 40여년이 지나가 버린, 한 세대가 훌쩍 넘어버린 '그 시절'은 아름답고 인정 넘치던, 그렇지만 가난하고 서러웠던, 그러면서 새것이 밀물처럼 밀려와 하루가 다르게 모든 게 변하던 시절이었다. 그 아련한 옛 추억이 시인의 놀라운 회상을 통해 재생된다. 유소년시절의 경험은 가슴 밑바닥에 저장되어 좀처럼 지워지지 않으며, 나이를 먹을수록 솟아나와 더욱 가까워지기 마련이지만 시인의 기억력과 경험의 재구력은 남다르다.

> 휴일이라 그런지 한결 느긋하다 아침 느지막이 탕에 들어서서 뜨끈한 물에 몸을 담그니 그야말로 유유자적, 주변은 온통 뽀오얀 김들이 서려서 사람들이 희끄무레하게 보이는데 그 속으로 나 자신을 슬며시 감추어 주는 그 익명성匿名性에 은근히 기대어 보는 것이다.
>
> ―「조일탕朝日湯―대구 6」

어린 시절의 목욕탕에 대한 추억이 생생히 재현되어 있다. 일본식 호명의 냄새가 물씬 풍기는 '조일탕朝日湯'이라는 옥호는 이곳이 근대식 욕탕임을 여실히 보여준다. 휴일 날 느긋한 마음으로 한 주일의 피로와 때를 청산하기 위해 목욕탕을 찾던 일은 그 후로도 오래 지속되었던 우리의 생활패턴이었다. 당시 휴일의 욕실은 언제나 만원이어서 사람들이 빼곡하게 들어찼고, 거기다가 환기시설의 미비 탓인지 김이 잔뜩 서려있어 앞을 분간하기도 어려웠다. 탈의실에서 욕실 문을 열고 안으로 들어가는 것은 마치 안개 자욱한 어느 미지의 세계로 미끄러져 들어가는 것 같았다. 그 김의 장막은 느닷없는 탈의로 맨몸이 된 자아의 부끄러움을 감춰주기도 하고, 짧은 시간이나마 자기일탈과 자기몰각의 꿈을 안겨주기도 했다. 바로 '익명성'의 즐거움이 있었다. 그것은 가난했던 시절 뜻하지 않게 발생했던 운치라고 할 수 있다. 그에 비하면 오늘날 환하고 세련된 욕탕 안은 얼마나 기능적이기만 한가. 시인의 생생한 회상은 우리를 지난날의 꿈의 세계로 안내한다. 공감력이 큰 회상은 또 다른 기억을 낳기 마련이다. 이 시를 따라 지난 시절로 미끄러져 들어 간 독자들은, 그 후의 목욕탕의 변화에 대한 추억을 또 다시 떠올리게 된다. 그토록 뿌연 욕탕은 경제 발전에 따라 현대식 건물 안에 들어서면서 어느 날 갑자기 환한 욕탕으로 바뀌고, 그 밝은 조명 아래서 느꼈던 맨몸의 어색함을 상기해보며 살포시 입가에 웃음을 머금게 된다.

이나 빈대 벼룩을 없애 준다니
고맙기는 하나 썩 내키지는 않았다
생전 처음으로 코쟁이와 맞닥뜨렸는데
허리춤을 느슨하게 하는가 했더니
다짜고짜로 흡사 휴대용 분무기처럼
생긴 것을 사타구니 사이로 쑤셔 넣더니
드르륵 하고 한번 소리를 내자

하얀 횟가루 같은 것이 쏟아져 들어왔다
아, 이 매캐한 내음
난생 처음 맡아보는
서양의 냄새
화학이라는 이름의 냄새

─「디디티DDT─대구 46」

빈대 잡으려다 초가삼간 태운다는 속담은 불과 한 세대 전까지만 해도 먼 옛날이야기가 아니라 생활 속에서 그대로 느껴지는 현실감 나는 격언이었다. 그만큼 이와 빈대가 많았고, 그들과 더불어 사는 생활은 불결하고 불편했다. 해방과 6·25를 통해 이 땅에 들어 온 미군은 바야흐로 서구문명의 유입을 알리는 신호탄이었다. 그들에 의해 선진화된 서구문명은 후진적 생활 속으로 깊숙이 들어오게 된다. 인용 시는 그 대면의 경험을 아주 사실적으로 서술한다. 생활의 불결을 없애주는 일은 고맙지만, 그 방식은 치욕적인 것이어서 내키지 않은 일이었다. 유년시절에 느꼈던 당시의 감정이 가감 없이 고스란히 진술되는데, 이러한 감정의 직접적 토로가 경험의 재구라는 시작방식으로 인해 소박한대로 생생한 울림을 준다. 빈대 잡는 약인 '디티티'가 횟가루 같다는 것은 당시의 생활경험이 그대로 반영된 적절한 비유이다. 겉보기에 비슷한 횟가루와 디디티가 지닌 기능의 차이는 당대 우리의 삶과 서구 문명의 격차를 그대로 드러낸다. 그 낯선 화학약품에서 난생 처음 서양의 냄새를 맡았다는 것도 당대의 경험과 정서를 그대로 드러낸 표현이다. 시적인 윤색이 가해지지 않아 투박한 언어표현이란 지적이 있겠는데 그 솔직 투박함이 당시의 정서적 충격을 그대로 전해주는 효과가 있다. 생각해보면 당대와는 비교할 수 없을 정도로 비약적인 경제발전을 이룩한 오늘날에도 아직 약품은 서양을 따라가지 못하고 그래서 여전히 서양은 새로운 약품냄새로 우리에게 다가오는 면이 있다. 그리고 보면 이 솔직 투박한 언어의 의미는 지금까지도 그 효력을 지니고 있는 셈이다.

　시인의 기억 장치를 통한 당대 생활의 재현은 이 연작시 곳곳에서 나타난다. 시적인 윤색이나 가공처리 없이 당대의 삶을 그대로 투시함으로써 근대의 경계에 섰던 당시의 생활 속 내면풍경이 뢴트겐사진처럼 고스란히 인화된다. 지금은 하찮은 화장품이 된 멘소레담 로션은 한동안 남성화장품의 대명사였는데, 그것이 처음 이 땅에 들어온 것은 6·25 당시의 미국선교사를 통해서라고 알려져 있다. 제약회사에 뿌리 둔 멘소레담 사의 로션 화장품을 어린 시절 난생 처음 맡아 본 시인은 곧 바로 호주 시드니항의 하얀 돛단배를 떠올린다. 이 그림은 당시 미국의 금문교와 함께 달력이나 그림엽서에서만 볼 수 있는 꿈같은 풍경이었다.(50, 60년대의 이러한 내면풍경은 김종삼의 「북치는 소년」에서 잘 그려진 바 있다). 동시대의 같은 지구에 어떻게 이처럼 멋진 나라가 존재할까 감탄하며 마냥 동경해 마지않던 그 아득한 시절의 내면풍경이 그대로 인화되고 있는 것이다. 그런가 하면 '60년대 최고의 인공감미료'인 사카린을 손바닥에 올려다 놓고 그 '치명적인 당도'에 매료되어 먹고 또 먹던 풍경, 옷에 넣는 좀약인 나프탈렌을 아이들이 사탕으로 알고 먹을까 봐 주의를 주고 또 주던 엄마의

육성, 그리고 박하사탕 같은 그 이국적 향기에 중국의 전
설 속 왕국을 떠올리곤 하던 유년의 심정 등은 모두가 그
시절의 추억을 고스란히 드러낸 애잔한 영상들이다.

> 자유당 말기, 주로 행세깨나 하는
> 졸부들의 당시에 유행하던 패션감각
> 이라는 것이 이러했다
> 구로메가네에다 가짜인지 진짜인지도
> 모르는 로렉스시계, 구찌허리띠에다
> 루이뷔똥구두까지 챙겼다. 속옷이 언뜻언뜻
> 비쳐 보이는 한산 세모시 난방을 걸쳤는데
> 압권은 윗주머니에 찔러 넣은 살짝
> 비쳐 보이는 한 갑의 말보로 양담대였다
>   ─「말보로 양담배─대구 29」일부

삶의 풍경은 언어 속에 그대로 묻어 있는 것이다. 일제
말과 6·25와 서구문명의 유입으로 점철된, 옛것의 잔존
과 새것의 유입이 어색하게 공존하던 그 시절은 일본어와
외래어가 뚜렷이 공존하던 시기였다. 자유당 말기의 졸부
들의 패션을 그대로 서술하고 있는 인용 시에서 그들이 몸
에 걸치고 있는 장신구들은 온통 일본어와 서양어 일색
이다. 색안경을 뜻하는 '구로메가네'라는 일본말에다 '로렉
스시계', '구찌허리띠', '루이뷔똥구두' 등의 외제 브랜드들
이 고유명 그대로 기술된다. 여기에 담배까지도 '말보르'
라는 미국의 대표적인 담배 브랜드다. 비싼 것들은 이처럼
모두 외제들인 것이다. 이 외국 브랜드명의 나열은 동시에

외래어의 범람에 대한 상징이기도 하다. 일본어는 우리의 언어생활을 완강히 지배해서 일상용품 대부분이 아주 오랫동안 일본어로 불리어졌고, 영어의 지배력은 오늘날 절망적일 정도로 강화되고 있다. 인용 시에서 외국 브랜드 일색에 속옷만큼은 우리의 한산 세모시 난방을 걸쳐 입은 졸부의 옷차림은 옛것과 새것의 잘못된 만남이 주는 희극적인 초상이다. 돌이켜 보면, 그것은 근대의 경계를 살았던 슬프고도 우스웠던 당대의 삶의 풍경으로 입가에 쓴 웃음을 자아내게 하지만, 동시에 오늘의 우리는 과연 그로부터 얼마나 나아졌는지 새삼 돌이켜 보게 된다. 이렇게 볼 때, 시인이 선보인 기억의 미학은 그와 동시대인에게는 아련한 향수를 불러일으키고, 그렇지 않은 세대에게는 오늘의 삶을 비추는 반성적 거울의 역할을 하고 있기도 하다.

4. 지리와 장소의 시학

이 연작 장시는 '대구'의 지리와 장소를 아주 구체적으로 드러내면서 자신의 정체성을 강화하고자 한다. '지리와 장소'의 시적 형상화는 현대시에서 자주 사용되는 시작방식이지만, 이 '대구' 연작만큼 일관되고 집요하게 특정의 지리와 장소를 연속해서 시의 소재로 삼은 경우는 전에 없었고, 아마 앞으로도 없을 성 싶다. '대구' 연작시는 대구의 곳곳을 샅샅이 보여준다. 시인이 출생한 동네인 '칠성동'으로부터 시작해서 대구 최고의 번화가인 동성로와 남문시장, 서문시장, 칠성시장, 염매지상, 양키시장, 우시장이 있던 내당동땅골 등의 대구 장터, 대구의 대표적 공원인 달성공원, 그리고 시인이 자주 다니던 대구의 대표적인 목욕탕, 이발소, 병원, 음식점, 사진관, 극장, 예식장 등이 실제 옥호와 함께 그대로 등장하며, 영산못, 용두방천, 안지랭이, 수도산, 팔공산, 반티산, 고산골, 팔조령, 부인사, 거조암등 대구의 산천과 명승지들이 총동원된다. 이밖에도 대구의 동네들이 하나하나 호명되면서 시의 제재로 다뤄진다. 아마도 시인의 기억 속에 저장되어 있는 대구의 지명과 인명 중 웬만한 것은 거의 다 등장하는 것이 아닌가 싶다. '대구' 연작시는 시로 쓴 대구의 지리서라고 할 수 있을 정도이다. 이제 대구시는 대구시지大邱市誌 외에 대구시지大邱詩誌까지 보유하게 된 것이고, 이로써 대구시는 소개책자가 다른 시보다 두 배가 많은 셈이 되었다.

느릿느릿 느림보
구부구부 만장萬丈겄치
흐리는 금호강 옆에

푸르러 푸르러
푸르렀던 검다이檢丹
보리밭 밑에

새빅이 맑았던
배자못 밑에

앞니로 잘근잘근 깨물어

보리피리 만들어 불곤 하던
그런 추억들 우에 우에

대구시 북구 복현동伏賢洞이
있었다네

-「복현동-대구 41」

　대구시의 한 동네인 '복현동'이라는 곳의 동네 위치와 주
변의 풍광을 시인은 이처럼 생생히 그린다. 만장에 빗대어
진 금호강은, 그 강이 느린 유속과 구불구불한 강선을 지
니고 있음을 떠올리게 하며, 보리밭에 대한 상세한 묘사는
그 동네 주변에 보리밭이 매우 인상적인 풍광으로 펼쳐져
있고, 그 곳이 유년의 즐거운 놀이터였음을 짐작케 한다.
느리고 굽이져 흘러가는 금호강을 옆에 끼고 있고, 푸른
보리밭과 맑은 연못을 그 아래에 둔 대구시 복현동의 그림
같은 동네모습이 시인의 회상과 묘사를 통해 생생히 드러
난다. 대구가 고향인 사람은 시인의 회상으로 아련한 추억
에 잠길 것이고, 대구가 고향이 아닌 사람도 우리 동네의
원래 모습이 지닌 아름다움을 새삼 돌이켜 보고, 제 각기
향수에 젖으며 마음의 평온을 얻을 것이다. 대구 복현동의
지리적 위치와 풍광은 그대로 우리 동네의 본래 모습과 빼
닮았다.
　한편, 지명의 시적 형상화는 시의 본문 아래에 그 지명
의 유래와 역사를 부기해 놓는 시 형식을 취하고 있다. 대
구 연작시는 작품 아래에 방언과 지명에 대한 설명이 붙어
있는데, 이것은 일종의 어석으로서 보통 작품에 대한 해설

에 해당하는 것이다. 그런데 대구 연작시에선 이 어석도 작품의 일부로 기능하는 효과가 있다. 특히 지명의 경우 그 유래와 역사가 적혀 있어 작품과 그 지명의 설명을 같이 읽을 때 작품의 미적 효과가 극대화된다. 가령, 위의 「복현동」이란 시엔 다음과 같은 부기가 있다.

* 금호강: 포항시 죽장면에서 발원. 대구시 동북을 휘돌아 흐르는 강.
* 검다이檢丹 보리밭: 대구 북단의 노곡동, 조야동, 동변, 서변에서 시작하여 검다이를 거쳐 복현동, 신기동에 이르기까지 끝없이 푸르런 보리밭이 펼쳐졌는데, 검다이 보리밭은 그 중심에 있었으며 정말 가관이었다.
* 배자못: 복현동과 검단동 사이에 있던 꽤 큰 연못. 지금의 문성초등학교 자리에 있었다.

금호강, 검다이 보리밭, 배자못 등 시 「복현동」에 등장하는 지명의 위치를 상세히 설명하고 있다. 이 지명의 설명은 시인이 그리고 있는 복현동의 그림 같은 풍경의 지리적 위치를 구체적으로 그려준다. 시는 짧은 형식으로 그 동네의 미적 감각을 드러내고, 그 아래의 부기는 그 동네의 위치를 상세히 설명하여 구체적으로 그 그림을 떠올리게 한다. 주목되는 것은 '배자못'처럼 사라진 장소에 대한 설명이다. '배자못'에 대한 설명은 우리의 옛 풍경이 어떻게 변하고 있는 지를 뚜렷이 보여준다. 그것은 일종의 지명에 대한 '서사'라고 할 수 있다. 우리는 이 서사에서 장소의 변천과정을 알게 되고, 산천의 운명과 그 경개의 사라짐에 대한 안타까움을 느끼며 여러 상념에 잠기게 된다. 상희구의 대구 연작시는 시의 본문과 부기가 함께 시의 형식에 참여하여 서정과 서사의 묘미를 동시에 안겨주는 독특한 시의 효과를 내고 있다.

이즈음 팔조령에도
평화가 도래하였는지

과객過客들은 이조二助 삼조三助까지도
영嶺을 넘나들곤 한다
—「팔조령八助嶺 대구 16」 전문

* 대구광역시 달성군 가창면과 청도군 이서면에 걸쳐 있으며 부산에서 한양까지의 관로 중 문경새재 다음으로 높은 재가 팔조령이다. 옛날에는 산세가 너무 험해 많은 산적들이 출몰하였기에 반드시 여덟 명八助 이상이 무리를 지어 고개를 넘나들었다고 해서 팔조령八助嶺이란 이름이 붙여졌다고 한다.

이 시는 '팔조령'에 대한 부기를 읽을 때, 비로소 시의 의미도 명확해 진다. '팔조령'에 대한 설명을 읽지 않고 시를 대하면 시의 의미가 애매하고 막연한 느낌이 있는데, 그 아래의 부기를 읽게 되면, 이 시가 간명한 시 형식 안에 말장난의 흥미와 함축미를 갖춘 작품임을 인정하게 된다. 이 시는 '팔조령'이란 지명의 유래를 설명한 작품의 부기와의 결합을 통해 전보다 훨씬 개방되고 평화로워진 대구 인근의 삶의 풍경을 말의 재미를 통해 드러낸 작품이라는 것을 알 게 된다. 이 시처럼 어떤 명칭의 유래를 활용해 쓴 시로 이용악의 「오랑캐꽃」을 들 수 있다. 이 시는 '오랑캐꽃'이란 험한 꽃말의 유래를 제시하고, 그 꽃말에 대해 '오랑캐꽃' 이 느꼈을 감정을 드러낸 작품이다. 그런가 하면, 신라의 향가는 그 작품의 배경설화가 함께 전해지고 있다. 명칭의 유래에 대한 설명의 시적 활용, 시와 배경설화와의 공존은 우리 시사에서 시도된 바 있는 것인데, 상희구 시인은 이 를 또 다시 창의적으로 변용하여 시 형식의 새로운 모형을 제시하고, 시 읽기의 또 다른 묘미를 준다. 시를 읽고 그 함축적 의미를 막연히 헤아리고, 이어 부기를 읽고 시의 의미를 확정하면서 동시에 서사적 읽기의 즐거움도 갖게 되는 것은 다른 시에서 얻을 수 없는 대구 연작시의 묘미 일 것이다.

5. 언어자원의 보고, 방언활용의 극대치

이 연작시는 방언의 구사에서 자기개성의 절정을 이 룬다. 대구 연작의 백미는 타의 추종을 불허하는 노골적이 고 다채로운 방언의 구사이다. 대구 연작은 방언의 구사로 그 미학적 완성도를 한껏 높인다. 우리의 현대시사에서 방 언 시의 계보는 소월, 영랑, 백석, 목월 등으로 이어지는 데, 상희구 시인의 대구 연작은 이러한 방언 시의 전통과 미학을 계승하면서 이 모두를 아우르고 넘어서는 방언 시 의 새로운 미학을 선보인다.

용두방천에는 돌삐이가 많고
무태에는 몰개가 많고
쌍디이못에는 물이 많고
깡통골목에는 깡통이 많고
달성공원 앞에는 가짜 약장사가 많고
진골목에는 묵은디 부잣집이 많고
지집아들 짱배기마중 씨가리랑
깔방이가 억시기 많고
칠성시장에는 장화가 많고
자갈마당에 자갈은 하나도 안 보인다

– 「대구풍물–대구 4」 전문

    인용 시에서 장소의 시학은 지리보다는 그곳의 풍물을 겨냥한다. 그리고 그 대구 풍물은 방언의 구사로 시적인 미학을 획득한다. 인용 시에서 방언은 표준어와 절묘하게 어우러지며, 방언의 구사와 배치도 적절하게 이루어져 언어적 호소력을 배가시킨다. '돌삐이'란 방언은 '돌맹이'란 의미를 얼마간 연상시키지만, '몰개'는 상대적으로 낯선 느낌을 주는 방언이고, 이어서 '짱배기마중', '씨가리', '깔방이' 등은 뜻을 알아차리기 힘든 아주 생소한 방언들이다. 익숙한 말에서 시작해 점점 낯선 말들로 나아가 낯섦에 대한 초기 저항을 줄이고 익숙하게 길들이면서 나중에는 아주 낯선 말의 세계로 독자들을 이끈다. 마지막 세 단어는 아주 강렬한 어감을 주어 낯선 말의 묘미를 더욱 극대화시킨다. 이어서 "자갈마당에는 자갈은 하나도 안 보인다"는 동음이의어의 말장난이 나오는데, 이 평범하기 그지없는 말장난은 그 앞의 생소한 말의 절정 속에 이루어진 것이어서 말의 긴장을 해소시키는 효과를 주어 그 평이함을 극복하게 된다. 대구 풍물은 이 낯선 방언의 생소화 효과에 힘입어 그 풍물로서의 가치와 의미가 생기 있게 드러난다. 이 시가 방언 대신 모두 표준어로 쓰였다면 시로서의 효력은 거의 상실할 것이다.

우리의 현대시에서 방언은 어조에 집중되었다. 소월, 영랑, 목월 등의 시가 모두 그러하다. 각기 평안, 전라, 경상에 기반을 둔 이 세 시인들은 모두 자기 고향의 말투를 시에 적용하여 특별한 시적 효과를 거두었다. 반면에 백석은 고향의 말투 대신에 사물의 언어에 고향말을 써서 낯선 말의 미감을 겨냥하였다. 상희구 시인은 이러한 시적 전통을 모두 받아들여 사물과 어투 모두에 고향의 방언을 구사한다. 상희구 시인의 대구 연작에는 음운, 어휘, 어법 등 언어의 모든 층위에 걸쳐 경북방언들이 아주 완고하게 구사된다.

돌다리 건너 소전꺼래
알분다이 할매가 살았다
얼매나 다사시럽었던지 마실에
뉘집 미느리가 하로에 방구로 몇 분
낏는지 다 꿰고 있을 정도였다
한 분은 이 할매
"아이고 방아깐에 청송댁이 손자로
봤는데 글케 알라가 짱배기에 쌍가매

192

로 이고 났다 카더마는, 아모래도 장개로
두 분 갈꺼로" 칸다
이 할매, 얼매나 밉쌍시럽었던지 이부제
할마씨가 초저녁 마실 나온 할매한테
지대바지를 한다
"할매 좀 보소, 저게 하늘에 빌이 많제, 그라마
저 빌 중에 첩싸이 빌이 어는 빌인지
그라고 큰오마씨 빌이 어는 빌인지 맞차 보소
그만춤 마이 알마"

—「소전꺼래 알분다이 할매—대구 15」

　인용 시는 시의 대상인 고향의 어느 할매에 대한 묘사와
할매끼리 나누는 대화는 물론이고, 이 들에 대한 시인의
서술까지도 모두 방언으로 구사된다. 시의 대상과 화자의
언술이 모두 방언으로 되어 있고, 그 방언도 모든 언어적
층위에 걸쳐 구사된다. 그리하여 이 시를 읽으면 이 지역
의 할머니가 글자 밖으로 바로 튀어 나올 것 같은 생동감
을 준다. 이 시는 아는 체를 너무 하는 사람에 대한 풍자를
해학적으로 나타낸 것인데, 그러면서도 사람들 사이의 날
카로운 대립 보다는 순박한 마음과 구수한 인정이 도드라
지는 작품이다. 바로 이 미묘한 시적 정서가 경상도 방언
의 발음과 어휘와 억양 속에 묻어 은근히, 그러면서 생기
있게 드러나고 있는 것이다.
　경상도 방언은 한글의 원형적 형태가 많이 잔존해 있는
것으로 알려져 있다. 한글의 성조가 경상방언의 억양으로
남아 있고, 순경음 비읍의 소리도 그대로 남아 있다. 상희

구 시인의 대구 연작에는 이러한 경상 방언의 형태와 소리가 거의 다 구사된다. 우리는 그의 대구 연작에서 경상 방언의 진수를 맛보며, 동시에 우리 한글의 원형적 형태를 얼마간 느껴볼 수 있다. 한글의 원형적 형태란 우리글의 순수한 상태를 가리키는 것이다. 시인이 그린 생생한 생활 풍경 속에 담겨 있는 순박한 우리 민족의 정서는 모국어의 원시적 순수함으로 더욱 싱그러운 향기를 발산한다.

한편, 대구 연작시에서 화려하게 전개되는 경상방언의 시어들은 모국어의 확장에 획기적인 기여를 할 것이다. 시인이 구사한 방언 중에는 '철개이(잠자리)', '매리이(매미)', '마카(전부)'처럼 많이 알려져 있고, 사전에 등재되어 있는 말도 있지만, 그렇지 않은 시어들도 아주 많다. 엉기불통, 자부래미, 물띠미, 덩더꾸이, 유룸하다, 공상거리다, 호무래이, 내미치매…… 등을 비롯한 수많은 시어들은 아름답고 감칠맛 나는 토착어로서 시인이 발굴한 모국어라고 할 수 있다. 그런가 하면 '꼬방시다(고소하다)', '수루매(오징어)'처럼 아직 사전에 등재되어 있진 않지만 민간에 널리 알려진 방언들도 이 번 연작시에서 눈에 많이 띄는데, 이러한 시어들은 이번에 그 용례가 분명히 제시됨으로써 그 시어가 우리의 토착어로 사전에 등재될 수 있는 명분을 마련해 줄 것이다. 또 시인의 방언 중에는 '지대바지하다', '얼치거이 없다'처럼 사전에 그와 유사한 어휘가 등재되어 있는 말이 있다. '지대바지하다'는 사전에 '지대기다(귀찮게 굴다)'는 말이 있는데, 이 말이 확장된 것 같고, '얼치거이 없다'는 사전에 '얼 치다(정신을 잃어버리다)'는 말이 있는데, 이 말이 활용된 것 같다. 시인의 방언구사는 우리말이 지역어로 나아가면서 어떻게 분화, 확장되고 있는 지를 확인시켜 주기도 한다. 끝으로 그의 방언구사는 사전에서 잠자고 있는 아름다운 우리말을 발굴하여 그 쓰임새를 널리 알리는 데 큰 기여를 한다. 가령, 시인이 방언으로 구사한 '이말무지로'는 '에멜무지로(헛 일하는 셈 치고 시험삼아 하는 모양)'라는 표준어가 약간의 음운변화를 거친 것이다. 또 '사부제기'는 표준어 '사부자기(가볍게)'에서 약간의 음운변이를 거친 말이며, '딸꾸비(세차게 내리치는 비)'는 '달구비'가 된소리로 발음된 것이다.(시인은 '딸꾸비'가 '딸꾹질'에서 온 말로 짐작하는데, 『고려대한국어대사전』은 '달구비'의 형태를 '달구+비'로 기술하고 있다. 즉, '달구비'란 '달구'를 내리치는 것처럼 굵고 세차게 쏟아지는 비라는 뜻이다). 이말무지로, 에멜무지로, 사부제기, 사부자기, 딸꾸비, 달구비 등은 모두 아름답고 감칠맛 나는 우리의 토착어들이다. 시인이 성장체험에서 획득한 고향말의 재구는 우리의 토착어발굴은 물론 사전에서 잠자고 있던 주옥같은 표준말을 발굴하고 그 쓰임새를 알려주고 있기도 한 것이다. 상희구 시인의 대구 연작은 우리의 언어자원이 얼마나 풍부한 지를 돌아보게 만들며, 그 풍요로운 언어자원의 발굴과 활용의 중요성을 새삼 일깨워주고 있다.